シュガーアップル・フェアリーテイル
銀砂糖師と
銀の守護者
sugar apple fairy tale

「永久におまえを慈しむ」

シュガーアップル・フェアリーテイル

銀砂糖師と銀の守護者

三川みり

18333

角川ビーンズ文庫

CONTENTS

シュガーアップル・フェアリーテイル
銀砂糖師と銀の守護者

シュガーアップル・フェアリーテイル

STORY&CHARACTERS

妖精
ミスリル

戦士妖精
シャル

銀砂糖師
アン

妖精
エリル

妖精
ラファル

妖精
ベンジャミン

砂糖菓子職人
キース

銀砂糖師
キャット

今までのおはなし

恋人同士になったシャルと銀砂糖師アン。甘く幸せな二人の仲をあざ笑うかのごとく、ハイランド王国では砂糖菓子の原料となる銀砂糖がなくなろうとしていた。アンは詳しい調査をせよとの密命を受け、シャルとともに「最初の砂糖林檎の木」へ向かおうとするが――!?

砂糖菓子職人の3大派閥

3大派閥……砂糖菓子職人たちが、原料や販路を効率的に確保するため属する、3つの工房の派閥のこと。

銀砂糖子爵
ヒュー

ラドクリフ工房派
工房長
マーカス・ラドクリフ

マーキュリー工房派
工房長
ヒュー・マーキュリー
（兼任）

ペイジ工房派
工房長
グレン・ペイジ

砂糖菓子職人
ステラ・ノックス

工房長代理 銀砂糖師
ジョン・キレーン

工房長代理 銀砂糖師
エリオット

砂糖菓子職人
キング

砂糖菓子職人
ナディール

職人頭
オーランド

工房長の娘
ブリジット

本文イラスト／あき

一章　刻まれた誓《せい》約《やく》

冷たい石壁《いしかべ》に片手を添《そ》わせながら、アンは跳《は》ねるように天守の階段を駆《か》けおりた。

ハイランド王国の王都ルイストン。その煉瓦《れんが》色《いろ》の街並みに囲まれた王城の中心部に、守り隠《かく》されるように建つ第一の天守。そこは壁も階段も、削《けず》りの粗《あら》い石がむき出しで、いにしえの趣《おもむき》を残す。歴史と、そこを通り過ぎていった人々の思いの重みなのか、天守の中は、どこか荘厳《そうごん》なひんやりとした空気が満ちている。

アーチ型の出入り口から円形の庭に飛び出すと、秋の柔《やわ》らかな日射《ひざ》しとそよ風が、アンの髪《かみ》を吹《ふ》き散らした。

「シャル！」

庭の中央に建つ円錐《えんすい》の塔《とう》は秋色に染まった蔓草《つるくさ》に被《おお》われ、その足元に開かれた塔への出入り口に、こちらに背を向けてシャル・フェン・シャルが立っている。背に揺《ゆ》れる片羽は、絹のような光沢《こうたく》で膝裏《ひざうら》まで届き、穏《おだ》やかな薄緑色《うすみどりいろ》が根元から先端《せんたん》に向かって薄青のグラデーションに変化していた。身に着けている黒ずくめの衣服と黒髪《くろかみ》とあいまって、磨《みが》き抜《ぬ》かれた黒曜石が、光を跳ね返す様に似た艶《つや》やかさがある。

アンの声にふり返った彼の足元には、出入り口の石段に腰掛《こしか》けた、最後の銀砂糖妖精《ようせい》ルル・リーフ・リーンの姿もあった。ルルは長い金の髪を風に揺らし、金の輝《かがや》きをおびる片羽を石段の上に流して大儀《たいぎ》そうに膝の上に頬杖《ほおづえ》をついているが、表情はどこか明るい。

「びっくりした、シャル。部屋からいなくなっていたから」

息を切らしながら二人に駆《か》け寄ると、アンは背伸《せの》びして彼の顔色を確認《かくにん》する。するとシャルは、呆《あき》れたような顔をする。

「もうなんともない。大げさに騒《さわ》ぐな」

国王エドモンド二世がシャルとの交渉《こうしょう》に応じた日から、七日が経《た》っていた。

あの時、瀕死《ひんし》の怪我《けが》を負ったシャルだが、エドモンド二世の計らいで第一の天守に部屋を与《あた》えられ、そこで傷を癒《い》やすことを許された。シャルはアンの作った砂糖菓子《がし》を幾《いく》つか食べ、二日前には、ほとんど全快していた。

去年の銀砂糖が、最初の銀砂糖としての力をなくした今、銀砂糖の精製は永久に不可能。砂糖菓子はこの世から消えるしかない。それを悟《さと》ったときの驚愕《きょうがく》と恐怖《きょうふ》。そして今もアンの中には、砂糖菓子が消えるかもしれないという恐《おそ》ろしさが、強くこびりついている。

砂糖菓子を救う唯一《ゆいいつ》の方法は、最初の砂糖林檎《りんご》の木から、最初の銀砂糖を手に入れることだ。だがそれを手に入れる権利、そしてそれを人間に手《て》渡《わた》す権利は、妖精の側——妖精王たる者にしかないのだ。

妖精王の一人であるシャルは、国王との誓約と引き替《か》えに、最初の銀砂糖を渡すと約束してくれた。そうと決まれば、今すぐにでもアンは旅立ちたい。

しかしこの七日間、ことは進んでいない。

シャルが快復したという知らせは、銀砂糖子爵《ししやく》ヒュー・マーキュリーを通してエドモンド二世に伝えられたのだが、『安心した。誓約については準備中であるから、しばし養生されよ』という意味の見舞《みま》いの手紙がヒューを介《かい》して届いただけで、それ以降連絡《れんらく》がない。

先方が、準備をしているので待てと伝えてきているので、闇雲《やみくも》に焦《あせ》り騒ぐのはよくない。結果二人は、ただ待つことのみを余儀《よぎ》なくされている。

焦る気持ちは強かったが、それと同時にすこしの合間、否応《いやおう》なく休まされることがありがたくもあった。これを幸いに、アンはシャルに、ベッドで過ごしてくれるようにお願いした。彼が元気になっているとわかっていながらも、瀕死の彼を目の当《ま》たりにしたために不安が強く残っていて、そうお願いしなければアンの方が心配で気を病《や》みそうだった。

なにしろシャルの片羽は今、彼の手にない。彼の羽はエドモンド二世に渡されているのだ。彼の命が他人に握《にぎ》られていると思うだけで、どうしようもなく心配でたまらない。

シャルはアンの不安を承知しているらしく、二日間はおとなしくベッドの上で過ごしてくれていた。だが、とうとう我慢《がまん》できなくなったらしい。アンが朝食の後片付けをしている間に、ふらりと部屋を抜け出したのだ。

「ベッドに縛《しば》りつけられるのは限界だ」

「でも、せっかく休めるんだから休養して欲しいんだけど」

「元気なのに寝《ね》ていたら、退屈《たいくつ》で死ぬ。そうならないように、おまえがなにか創意工夫《くふう》をすれば、ベッドに戻《もど》ってやる」

「創意工夫？　ベッドをぬいぐるみで埋《う》めつくすとか？」

眠《ねむ》れる森のお姫様《ひめさま》のように、愛らしい動物たちのぬいぐるみに囲まれて横たわるシャルを想像しそうになる。そんなおかしな想像がくっきりと画像を結ぶ前に、首を傾《かし》げたアンの顎先《あごさき》に、シャルが指を滑《すべ》らせ、耳に息を吹きこむように囁《ささや》く。

「ぬいぐるみではなく、おまえが来い。恋人《こいびと》らしい創意工夫を凝《こ》らして、俺をベッドに誘《さそ》え」

「ベッドに誘う!?」

シャルの要求に含《ふく》まれるものを感じ取り、思わず背後に飛び退《の》いて、無意識に両手で口を被う。ルイストンに来る旅路の途中《とちゆう》と、王の執務《しつむ》室の床《ゆか》の上で受けた、今までの優《やさ》しい口づけとは違《ちが》う、大人らしい二度の口づけの衝撃《しようげき》が強かった。あれを思い出し耳が熱くなる。

——恋人をベッドに誘うからには、それなりのことがあるはずで、その工夫って!?

恋人同士がベッドでともに眠り、口づけ以上に寄り添うことは知っている。恋人の代わりに振《ふ》る舞《ま》うことを「身売り」と称《しよう》して商売にしている者があることも、さすがに十七歳ともなれば知っている。

しかしベッドの中で恋人同士が寄り添って、抱《だ》き合って、それでどうなるのかはよく分からない。シルバーウェストル城で、ミスリルと一緒《いっしょ》のベッドで、シャルに抱きしめられて眠ったが、それ以上の何かが確実にあるのだ。口づけにすら、自分の知らないあれこれが存在した。なのに、うすぼんやりとしか知らない、恋人同士のベッドのあれこれなど、なにがどうなって、どうするのか。詳細《しょうさい》に想像しようがない。

「なんともよい眺《なが》めだな、妖精王。恋人は腰《こし》が引けておるぞ。君は嫌《きら》われておらぬか？　調子に乗って、なにかおかしなことでもしでかしたのか？」

シャルの足元に座っていたルルが、にやにやと嬉《うれ》しそうに笑ってシャルを見あげる。するとシャルは、冷たい視線を返す。

「当然のことを、当然のようにしているだけだ。おまえにとやかく言われる筋合いはない」

「ほほう、そうか。そこの小娘《こむすめ》が砂糖林檎の実のように真っ赤になって、君から三歩も遠ざかったのに、強気なことよ。おい、アン。わたしの隣《となり》に座りたまえ。心配するな。わたしはそこのやる気充分《じゅうぶん》な妖精王と違い、君に不埒《ふらち》な真似《まね》などしようとは思っておらん」

どきどきする胸を抑《おさ》えつつ、ルルが座る石段にそろりと腰掛けると、シャルは鼻を鳴らし、腕組《うでぐ》みしながら塔の壁にもたれかかった。

「本気で言ったわけじゃない、冗談《じょうだん》だ。かかしは、まだ子供過ぎる」

「ならば気をつけるのだな。冗談に、本心が漏《も》れ出しておるぞ」

「貴様は……」

これはかなり、シャルの分が悪い。ルルがこれ以上シャルを刺激《しげき》して本気で怒《おこ》らせてしまってはまずいと、彼女の気をそらすために訊《き》く。

「ルル、体は大丈夫《だいじょうぶ》なんですか？　こんなところに出てきて、ルルこそ寝てないと」

「わたしは弱っているだけで病人ではないからな、寝ていても座っていても、体の様子はたいして変わらんよ。それならばこんな天気のよい日は、太陽の顔を拝みたい。それだけで気分が晴れる。しかも今朝は、そこの妖精王から良い話も聞けた」

あっけらかんと言い、柔らかな太陽光に誘《いざな》われるように空に顔を向けたルルの横顔は、今にも光に溶《と》けて消えてしまいそうなほどに線が細く、脆《もろ》そうだ。彼女の体はいったいいつまで、この美しい形を保っていられるのだろうか。金の睫《まつげ》を見つめながら、胸の奥がぎゅっと縮まるような哀《かな》しみを感じる。

けれど彼女の口元に浮《う》かぶ微笑《びしょう》には、確かな喜びがある。空を見つめる目に、希望が映し出されている。

「誓約の話ですよね？」

ルル自身が自分の命に対して決意し、覚悟《かくご》しているのに、アンがめそめそするわけにもいかない。つとめて笑顔《えがお》で問い返す。

「ああ。妖精王と人間王の誓約が成されれば、それは妖精たちにとって、実質的な解放宣言を手に入れたことになるだろう」

ルルは、空のさらに遠いところを見つめるような表情になる。彼女が見つめる先は、空よりも遥《はる》かに遠い、自らが目にすることのない未来かもしれない。

誓約《せいやく》によって、いきなり世界が変わることはないとしても、妖精たちは手に入れたものを根拠《こんきょ》として胸を張って人間たちに言えるのだ。我々は、あなたたちと同じだ。それは、あなたたちの王が認めたのだ、と。

しかし、その誓約が成されるためには、シャルが残る二人の妖精王の意志を、人間との共存の方向へ統一し、さらに最初の銀砂糖を持ち帰ることが条件だ。

砂糖林檎が熟《う》れきってしまうことを考えれば、悠長《ゆうちょう》に構えている時間はさほどない。

「どうした、そろって虫干しか？」

ヒューの声がした。第一の天守を抜《ぬ》け、庭を突《つ》っ切って、ヒューがこちらに近づいてきていた。白地に銀糸を縫《ぬ》い込んだ上衣《うわぎ》が目を引く、銀砂糖子爵の略式正装を身につけている。おさまりの悪い茶の髪《かみ》を撫《な》でつけながらやってくる姿に漂《ただよ》う野性味が、身につけた正装の端正《たんせい》さとはちぐはぐで、それがかえって魅力《みりょく》的な男性らしさを醸《かも》し出していた。

「アンとシャルは問題ないが、あなたは適当なところで引きあげないと乾涸《ひから》びますよ、我が師。なにせ六百歳のご老体だ」

三人の前に立つと、ヒューはにこやかに自分の師匠《ししょう》に忠告する。

「相変わらず、穴に埋めたくなるほど可愛《かわい》げがないことだ、銀砂糖子爵」

「三十男が可愛かったら、不気味でしょう？　おとなしく寝てください。我が師が退屈でうろつきまわっていると、マルグリット王妃《おうひ》様には伝えておきますから。あなたの退屈しのぎのために、公務が済み次第《しだい》飛んできてくださいますよ」

憎《にく》まれ口を叩《たた》きながらも、要するに師匠の体を気遣《きづか》っているらしいヒューの言葉に、ルルは苦い顔をする。

「マルグリットには言うでないぞ。うるさくてかなわん」

「では、寝てください」

「わかったわかった。しかし君は、わたしの様子を見に来たわけではないのだろう？　ここの二人に用事か？」

「ええ、シャルを呼びに来ました。シャル。国王陛下が、おまえさんを執務室にお呼びだ。誓約のことについてだそうだ」

シャルに向き直り告げたヒューの声には、わずかな緊張感《きんちょうかん》がある。アンも少なからず緊張した。ようやく来たという思いと、とうとう来たという思い半々。嬉しいのに怖《こわ》い気がする。

「行こう。だが誓約の話ならば、アンも連れて行く」

意外なシャルの申し出に、アンは目を丸くして彼を見あげた。ヒューも眉《まゆ》をひそめる。

「なぜその必要がある」

「なんでもいい。俺が必要だと言っていると、人間王と、あの陰険《いんけん》な宰相《さいしょう》に伝えろ」

命じる言葉の強さに、ヒューは諦《あきら》めたように肩《かた》をすくめ、片手をあげると身をひるがえす。

「わかった、伝えるさ。おまえさんが必要だと言っているものを、陛下もコレット公爵《こうしゃく》も無下に拒否《きょひ》はしないだろうが、一応、俺は先に行って伝えておく。あとから来い。第一の天守の外に侍従《じじゅう》が来ているから、執務室へは彼に案内してもらえ」

そこで言葉を切り、ヒューは改めてシャルを眺めて、からかうような気の毒がっているような微妙《びみょう》な表情で笑った。

「まったく、おまえさんは面倒《めんどう》な生まれらしいな」

その言葉に含むところを感じ、アンは目をぱちりとさせた。

「何を聞いたの？　ヒュー」

「コレット公爵と陛下から、シャルには面倒な兄弟が二人いるとな。俺はそのうちの一人を、ブラディ街道《かいどう》の城砦《じょうさい》で、ダウニング伯爵《はくしゃく》と一緒に追《つ》い詰めそこねた。だろう？」

「もっと念入りに殺しておけば良かったと、俺は後悔《こうかい》している」

ひやりとしたシャルの言葉に、ヒューは片手をあげて応《こた》えてきびすを返した。

「俺もだ。じゃあ、お二人さん。あとから来いよ」

銀砂糖子爵《ししゃく》たるヒューには、事情の一切《いっさい》が知らされたらしい。これで事が運びやすくなるのかどうかわからないが、もし彼がアンやシャルの力になってくれるのであれば、心強いことこの上ない。だが彼は国王の臣下で、立場というものがある。微妙なところだ。

——これからヒューも交えて、シャルは国王陛下と対面する。おそらくコレット公爵もいる。歩き出したヒューの背中を見送りながらも、アンはまだ、シャルがアンを連れて行くと言い出した真意を測りかねていた。

「シャル。どうしてわたしも連れて行ってくれるの？　誓約について話し合う場に、わたしのような一介《いっかい》の職人が行ってもいいの？」

壁《かべ》にもたれかかっていたシャルは身を起こすと、大股《おおまた》にアンに近づいて、彼女の手を取って、引きあげるようにして立たせた。真っ正面からアンを見おろす。

「おまえを連れて行く意味は、行けばわかる。ただ、ひとつだけ確かめておく。おまえは俺と、離《はな》れたくないと言ったな？　今も、そう思うか？」

「あたりまえよ！」

「俺もおまえと同じだ。だから、これから行く場所に、おまえを連れて行く。なにがあっても俺とともに来る気持ちが変わらずあり続けるなら、俺は二度とおまえを離さず、おまえのそばにいる。そのためにおまえが人間としての不利な覚悟をしなくてはならなくとも、俺が守ってやる。だからおまえも、俺とともに来い」

アンは目を瞬《しばたた》く。

——シャルが、来いって、言ってくれた。

黒い瞳《ひとみ》には静かな決意がある。彼はただ、甘いだけの感情で言葉を紡《つむ》いでいるのではない。シャルとともにあり続ける覚悟がアンにあるならば、シャルはずっと、アンを傍《かたわ》らに置いてくれると言っている。そしてそのために、アンに覚悟を求めている。どんな困難があっても、ともにあり続けるというならば、力の限り守り慈《いつく》しむ。だからアンも立ち向かう覚悟をしろと。

──すごく……嬉《うれ》しい。

シャルの促《うなが》す覚悟が、生半可なものではないと想像はつく。だが彼が今までアンに対して、アンが困難に遭遇《そうぐう》し苦労することをおりこみずみで、それでも一緒《いっしょ》に来いと言ってくれることはなかった。シャルは優《やさ》しすぎて、彼女が困難に遭《あ》うと感じたり不幸になると思えば、自分から遠ざかろうとした。

しかし今は、たとえ不幸が訪《おとず》れようとも、そばにいろと言ってくれているのだ。けしてアンを離すまいとする、シャルの思いを肌《はだ》に触《ふ》れるほど確かに感じる。

ずっとお互《たが》いに触れたくて、触れられず、戸惑《とまど》って、微妙な遠慮《えんりょ》と気遣いを続けていた。しかし今やっとその距離《きょり》が消え、真っ直《す》ぐ向き合えていた。

ともにあることで生まれるかもしれない、危険も困難も、哀しみも、すべてを承知で、それでも一緒に歩む覚悟を、シャルもアンもやっと手に入れた。ずいぶん時間が必要だったが、だからこそ、その思いは揺《ゆ》るぎなく、しっかりと自分とシャルの中に根づいてくれたように思える。

「うん。行く。ずっと、ずっと、一緒にいたい。なにがあっても、一緒にいたい。だからわたしは危険な目に遭ったって、石を投げられたって、一緒に行く」

どちらかの息が止まる瞬間《しゅんかん》までシャルと一緒にいたいと、アンは思ったのだ。あの時感じた思いは、深く胸の奥に刻まれている。

嬉しげに目を輝《かがや》かせるアンの頬《ほお》に、シャルはそっと触れてくれた。

「ならば来い」

それだけ言うとシャルは歩き出した。アンが背後のルルをふり返り、

「行ってきます、ルル」

と緊張しながら告げると、彼女はアンの気負いをなだめるように微笑《ほほえ》み、軽く手を振《ふ》る。

「行ってきたまえ。恋人《こいびと》と離れぬためにな」

「はい」

頷《うなず》くと、シャルの後を追った。


侍従に案内され、第四の天守にある王の執務室《しつむ》に足を踏《ふ》み入れた。部屋の正面奥には大きな窓を背に、樫《かし》材の執務机が置かれている。

「あれ？　誰《だれ》もいない？」

背後で扉《とびら》が閉められるのと同時に、アンは首を傾《かし》げた。部屋の中は無人で、開かれた窓から吹《ふ》きこむ風が、カーテンのレースを軽く揺らしているだけだった。

国王陛下と対面するのだと緊張しながらやって来たのに、肩すかしを食《く》った感じだ。

「いないね、まだ誰も……」

と言いかけて、隣《となり》に立つシャルを見やると、彼の視線は部屋の中央の一点に注がれていた。

部屋の中央には、重臣たちとの秘密裏《ひみつり》の会議のためらしい、十人掛《が》けほどの丸テーブルがあるのだが、その上に絹の大布が広げられ、大人が両手を広げたほどの大きさの白い石板が置かれていた。

シャルはそこに置かれた石板を見つめていたが、すぐに、吸い寄せられるように近寄っていく。アンも慌《あわ》てて彼と一緒に歩を進め、石板を見おろす位置に立ち止まった。

白い板面を目にした瞬間、息を呑《の》む。

「これ……」

シャルも、食い入るように板面を見つめている。

窓から吹きこむ風が、石板の表面を柔《やわ》らかく撫《な》でていく。その風はアンの髪《かみ》と、シャルの片羽をわずかに揺らす。シャルの羽は薄青《うすあお》の柔らかな輝きを増し、軽く震《ふる》える。

表面を磨《みが》かれた純白の石板は、銀砂糖師に贈《おく》られる王家勲章《くんしょう》と同じ素材だ。その石板の縁《ふち》には、石工《せっこう》の手により、王家の象徴《しょうちょう》たる蔓薔薇《つるばら》の可憐《かれん》な蔓と花、葉が、浅浮《う》き彫《ぼ》りされていた。

白い石に浮き上がるそれは、色のない砂糖菓子《がし》のように細やかで華麗《かれい》だった。

蔓薔薇に囲まれた板面には、ハイランド王国国王エドモンド二世の誓約《せいやく》が、これも装飾《そうしょく》的な文字で浅浮き彫りにされていた。


『人と妖精《ようせい》に優劣《ゆうれつ》はなく、双方《そうほう》ともに、ハイランドの地の民《たみ》である。

ハイランド王国国王エドモンド二世』

簡潔な、しかし人間と妖精の歴史の中で、かつてないほどの重みを持った言葉がそこには刻まれていた。


アンは胸の前で両手を握《にぎ》り合わせ、息を詰《つ》めるようにしてその石板を見おろし続ける。

――なんて、素敵《すてき》な言葉。

華美《かび》で大仰《おおぎょう》な言葉ではないけれど、それだからこそ、そこに込められた思いが際立《きわだ》つ。必要なのはくどくどしい美辞麗句《びじれいく》の羅列《られつ》ではない。ただ、この文字を読んだ者に言葉の意味を理解させ、本質を悟《さと》らせようとする目的のみで刻まれた言葉。その簡潔さには美しさがある。

隣に立つシャルを見やると、彼もまた、その文字に魅了《みりょう》されたように、視線で何度も文字を辿《たど》っていた。


「シャル。これが、シャルが望んでいた誓約よね」

問うと、ようやくシャルも石板から目を離し、アンに向かって頷く。

「そうだ。俺だけではない、おそらく全《すべ》ての仲間が望む言葉だ」

「この誓約が成立したら、ハイランドは素敵な王国になるよね」

人間と妖精の間に、本当にこの誓約をもたらすことができれば、世界はどんなふうに変わっていくのだろうか。明るい日射《ひざ》しが降り注ぐ朝のように、ハイランドの土地が全て、柔らかく暖かいもので包まれるのかもしれない。

――この誓約が成るということは、砂糖菓子も消えずにすむということ。

砂糖菓子の存在が救われ、そして妖精たちに新たな光が射《さ》す未来。それはあまりにも素敵で、夢のようだ。その世界を想像しようと試みると、その想像はきらきらかで、ぼんやりとした光に包まれ、まるで実現不可能にさえ思えるほど美しい。

だがあまりに明るく満ち足りた想像だからこそ、現実感はとぼしく、それが怖《こわ》い。アンとシャルには、託《たく》される願いをかなえる力があるだろうか。

「ご覧いただけたか？　妖精王」

背後で扉が開き、宰相《さいしょう》アーノルド・コレット公爵《こうしゃく》と、さらにその後ろに銀砂糖子爵《ししゃく》ヒュー・マーキュリーを従えた国王エドモンド二世が室内に踏みこんできた。朝議の後すぐにここへやって来たらしく、エドモンド二世は、白地に紫《むらさき》の蔓薔薇をあしらった略式の正装を身につけていた。コレット公爵は濃紺《のうこん》の略式の正装だ。

アンはその場に膝《ひざ》を折ろうとしたが、

「よい、ハルフォード。膝を折る必要はないし、余との会話も許す。そなたは、妖精王の希望で同席させたのだから、この場では身分を問うことはせぬ」

エドモンド二世は片手をあげて鷹揚《おうよう》に制し、丸テーブルの、シャルとアンが立つ位置の対角線上に立つ。その背後にヒューとコレット公爵が控《ひか》えるが、コレット公爵の視線はシャルではなく、探《さぐ》るようにアンに注がれている。感情の読めないその視線が、すこし怖い。

切れ者と噂《うわさ》に高いコレット公爵に、アンとシャルの関係が知られてしまえば、アンは危険にさらされる。シャルはそう判断し、国王との交渉《こうしょう》の場に臨《のぞ》んだらしい。

しかし瀕死《ひんし》の彼の元に駆《か》けつけたアンの取り乱しようを見られてしまったのだから、結局、アンがシャルと特別な絆《きずな》で結ばれていることは感づかれただろう。となると、コレット公爵の視線に含《ふく》まれる意味は、なんだろうか。

「どうだろうか、妖精王。わたしの誓約は、あなたの望むとおりのものか？」

エドモンド二世の問いに、シャルは静かに答えた。

「我々の望みそのものだ。だが、これはまだ効力を発揮していないな？」

「そうだ。これが聖ルイストンベル教会に納められることによって、王の誓約は成立する。この誓約を成立させる条件は、二つ。あなたが我々人間に、最初の銀砂糖をもたらしてくれること。そしてあと一つ。あなたが三人の妖精王の意志を、人と戦わず、ともに生きる方向へと統一すること」

「期限は？」

「今年の銀砂糖を精製できる、ぎりぎりまで。すなわち、王国全土の砂糖林檎《りんご》の実が、熟《う》れきって落ちてしまうまで」

その期限は当然だ。

最初の銀砂糖さえあれば、たとえ今年は、一握《ひとにぎ》りの銀砂糖も精製できなくとも、来年は確実に精製できる。だがそれは、ハイランド王国に一年間、幸福を招く手段がなくなるということだ。ぽっかりと一年間、ハイランド王国は幸福から見放される。

妖精商人たちが王家と対等に交渉を求めてきたり、妖精王が出現したりしている現状で、一年の幸福を手放してよいほど王国に憂《うれ》いがないわけではない。大陸の国々は領土拡大に貪欲《どんよく》で、島国のハイランドにさえ興味を示しているとも噂に聞く。

——期限は、おそらく半月あるかないか……。

余裕《よゆう》がある日数ではないが、呑まざるを得ない条件だ。さすがに一年待ってくれと言えば、妖精王の誠意を疑われる。

「いいだろう。妖精王の意志の統一は、最初の銀砂糖を手渡《てわた》すときに証明しよう。俺と意志を同じくする妖精王が、人間王の前で、意志の統一は成されたと誓《ちか》おう。もし統一できなかった場合は、俺のみが人間王の前で再度誓う。他《ほか》の二人の妖精王を滅《ほろ》ぼしてからな」

応じたシャルの言葉の冷徹《れいてつ》さに、アンは彼の横顔を仰《あお》ぎ見た。無表情な横顔には微塵《みじん》のぶれもためらいもない。

エドモンド二世も一瞬《いっしゅん》驚《おどろ》いたような顔をしたが、シャルと視線を交《か》わすと、納得《なっとく》したように告げた。

「わかった、あなたの覚悟《かくご》は。それで問題ないな？　コレット」

「はい」

背後に濃紺の影《かげ》のように控えていたコレット公爵が、半歩、国王の背に近づく。

「問題ないと存じます。それでいつ、最初の銀砂糖を手に入れるためにお発《た》ちになりますか？　妖精王」

「準備が整い次第《しだい》、すぐに出発するつもりだ」

「最初の砂糖林檎の木の実を手に入れても、その性質上、その場で銀砂糖に精製する必要があるはずですが、そのための職人の同行が必須《ひっす》。ことは王国の命運にも関《かか》わります。下手な職人を連れて行くことは、おすすめできません。となると銀砂糖子爵が同行するのが、一番理にかなっているとは思いますが？」

コレット公爵の進言に、シャルはつっと目を細めて微笑《びしょう》した。

「変わらず差し出がましいな、人間王の臣」

剣呑《けんのん》な微笑には、彼の王としての品格が漂《ただよ》っていた。彼の不機嫌《ふきげん》さを察し、エドモンド二世が目顔で、背後のコレット公爵に「控えよ」と命じる仕草をするが、逆にシャルの方が、手をあげてそれを制した。

「かまわない、人間王。その宰相と話をする。いいか？　宰相。銀砂糖子爵は人間王の臣下。それを、妖精が守り抜《ぬ》いた秘密の場所へ連れて行くと思うか？」

「しかし妖精の職人は、王城に匿《かくま》われている一人しかおりません。しかもその妖精には、もう銀砂糖を精製するほどの体力は残っていない。職人として修業《しゅぎょう》中の妖精もいますが、未熟な彼等を同行させる事もかなわないでしょう。となると、人間の職人を連れて行くしかないのですよ」

「人間の職人も、俺が選ぶ。ここにいる銀砂糖師アン・ハルフォードを連れて行く。王家が認めた銀砂糖師だ。腕《うで》は確かだ、文句はあるまい」

コレットが眉根《まゆね》を寄せ、鋭《するど》い目でアンを見やった。

コレットの視線にさらされ、アンはようやく、この場に自分が連れてこられた意味を理解する。アンは人間でありながら、妖精に信頼《しんらい》され、妖精に味方する職人であると妖精王から認められている。そのことをこの場で公《おおやけ》にし、シャルと一緒《いっしょ》に最初の砂糖林檎の木へ向かうことを、認めさせるために連れてこられたのだ。

しかしそれは見方によれば、アンが人間でありながらも、人間の利益よりも妖精の利益に味方する、種族の裏切り者だと公言する行為《こうい》と言えなくもない。

――だからシャルは、覚悟と言ったんだ。

けしてアンは、人間という種族に仇《あだ》をなそうと思っているのではない。ただシャルが好きで、妖精たちのことも大好きで、彼等の未来を、人間とともに生きる明るいものにしたいだけだ。そのために、なにかできるならばやりたいと思っている。ただ、それだけだ。

けれどそれが裏切りと呼ばれるのであれば、アンは当然、それを受け止めなくてはならない。

「あなたは了承《りょうしょう》しているのですか？　銀砂糖師。ハルフォード」

静かに、しかし詰問《きつもん》の厳しさを秘《ひ》めてコレット公爵が問う。

するとヒューが、下手なことはするなと言いたげに、目顔でアンに合図する。銀砂糖子爵として、彼は職人を気遣《きづか》ってくれているのだろう。彼の思いはよく分かるし、ありがたかった。だがアンが職人であり続けようとするのは、大切な誰《だれ》かの力になるためだ。彼女にはやるべきことがあるのだ。

ヒューに向かって自らの覚悟を告げるように頷《うなず》き、コレット公爵を正面から見据《みす》えた。

「はい。了承しています。わたしは妖精王《ようせいおう》とともに行きます。人間の職人として」

アンは人間の職人として行く。けして人間に不利益をもたらそうとも思っていない。人間として、妖精と人間、双方《そうほう》のために行くのだ。しかしその思いがどこまで、常に猜疑心《さいぎしん》を抱《かか》えているだろう宰相に通じたかは、わからない。

アンの答えを聞いて、ヒューが呆《あき》れたように密《ひそ》かにため息をつく。

エドモンド二世が、アンと、そしてシャルを見比べて微笑する。

「本人がそれでよいと言っておるのだから、託そう。余は、ハルフォードの腕前《うでまえ》を知っている。銀砂糖の精製には、問題なかろう。それでよいなコレット」

エドモンド二世は、シャルとアンの間にある絆がなんであるのか、理解できているような、やわらかな表情だった。祝福するような気配すらあった。

「妖精王が望まれ、職人本人が了承しているなら、そのようにするのが妥当《だとう》だと思われます」

意外にも、コレット公爵《こうしゃく》はあっさりと引き下がった。そのあっけなさに、逆にアンは不安になった。

――こんなに頭の良さそうな人が、なんで最初の砂糖林檎の木の場所を、必死で知りたがろうとしないんだろう。簡単に、引き下がるなんて……。

コレット公爵はそのまま半歩後退し、再び影のようにひっそりと気配を消す。しかしその濃《のう》紺《こん》の影は、粘《ねば》り着くような存在感がある。

「妖精王。出発の準備をお願いする。必要なものがあれば遠慮《えんりょ》なく言って欲しい。ただ……」

そこでエドモンド二世は、表情を改めた。薄青《うすあお》い柔和《にゅうわ》な瞳《ひとみ》に不似合いな、厳しく、そしてわずかに心配げな色を滲《にじ》ませながら石板を見おろし、白くなめらかな表面に触《ふ》れる。

「あなたが砂糖林檎の実が熟れきって落ちても帰らなければ……、あるいは妖精王たちが人間に牙《きば》をむくことがあれば、この石板は砕《くだ》かれる。それは今一度、言っておく」

シャルの手がのび、彼の指も石板に触れた。

「心しよう」

石板の上下に互《たが》いに触れ、二人の王は誓約《せいやく》が成立するための条件を確認《かくにん》した。

アンも石板を見おろしながら、祈《いの》るように両手を握《にぎ》りあわせた。

——どうか石板が砕かれることなく、ここに刻まれた誓約が成立しますように。

そこに彫《ほ》られた言葉には、五百年間の、様々な祈りが託《たく》されている。

二人の王が計ったかのように同時に石板から指を離《はな》すと、双方が、目礼を交わす。それを合図に、エドモンド二世の背後からコレット公爵が声をかけた。

「陛下。バイゴット伯爵《はくしゃく》が、妖精商人ギルドとの交渉《こうしょう》の件について、早急《さっきゅう》にご相談したいと参っておりますので。これでよろしければ、そろそろ大臣室へ」

「ああ、いいだろう」

返事を聞くと、コレット公爵は先に出入り口に向かって扉《とびら》を開き、王を待ち受けるように軽く頭《こうべ》を垂れる。エドモンド二世はシャルに向かって頷いてみせた。そして、

「では、妖精王」

と軽く言うと、コレット公爵とともに執務室《しつむ》を出て行った。

その場に残された国王側の人間であるはずのヒューは、国王と宰相《さいしょう》が出て行くなり真面目《まじめ》な表情を消し、呆れたような顔で眉尻《まゆじり》をさげる。

「そうじゃないかとは思っていたが、俺は最初の砂糖林檎《りんご》の木がある所へは行けないらしいな」

「そのかわり、仕事を一つやる」

「なんだ？　俺を小間使い扱《あつか》いか？」

「たいした仕事を頼《たの》むわけじゃない。手紙を一通、届けてもらいたいだけだ。夕方に、第一の天守にある俺の部屋に来い」

「まあ、おまえさんが最初の銀砂糖を手に入れるためだというならば、なんでも協力してやるがな。とりあえず出るぞ。執務室にぐずぐず居残るわけにもいかないだろう」

ヒューが先に立って歩き、出入り口の扉を開ける。扉の外には、この部屋までアンたちを案内してくれた侍従《じじゅう》が待っており、帰り道も、彼が先導をしてくれるらしい。当然ながら、勝手に王城内を歩き回らせてはくれないのだ。

歩き出しながら、アンは並んで歩を進めるシャルを振《ふ》り仰《あお》ぐ。

「手紙って誰に書くの？　シャル」

「信頼出来る奴《やつ》に」

それだけ答えてくれたが、すぐに侍従がそばに来てしまったので会話はそこで途切《とぎ》れた。

シャルが手紙を書くのは、生まれて三度目だった。

生まれてから百年以上の間、シャルは手紙を書いたことがなかった。

生まれて十五年間はリズとともに、リズだけを見つめて古い城の中で生きていたので、手紙を書く必要などなかった。ときおり何事かをリズに命じる手紙が外部からもたらされることがあったので、手紙というものの存在は知っていた。だがそれは、誰かが誰かに命令を伝えるためだけのものだと思っていた。

だがアンに出会って、彼女が遠い外国へ行った友だちに手紙を書いている姿を見て、手紙は、遠く離れて会えない人へ言葉を贈《おく》るための手段なのだと知った。

手紙は命令を伝えるだけのものではなく、書き手が受け取り手に捧《ささ》げる思いがある。

一度アンが無理矢理《むりやり》、誰かに手紙を書いてみてはどうかとペンと紙を押しつけてきたが、その時はまだアンと出会ったばかりで、手紙を書きたい相手はリズしか思い浮《う》かばなかった。彼女への思いを一度はしたためたが、結局、燃やしてしまった。灰になってこの世から消えた彼女への手紙は、そうすることがふさわしいと思えた。

今、シャルは生まれて三度目の手紙を書いている。これを渡《わた》す相手は、信ずるに足る者だ。

書きながら、手紙に信頼を託した。

封筒《ふうとう》を蠟《ろう》で封印《ふういん》すると、ようやくシャルは手を休めて窓の外へ目を向けた。封筒にはあえて宛名《あてな》も差出人の名も書いていない。

歪《ゆが》みや曇《くも》りのほとんどない、上質なガラスをはめた窓の外は、秋らしい鮮《あざ》やかな夕日の赤に染まっている。室内のあまりの静けさに気がつき、不思議に思ってふり返る。

「寝《ね》ていたのか」

壁際《かべぎわ》にあるベッドに、猫《ねこ》のように丸まってアンが眠《ねむ》っている。

手紙を書くシャルの背後で、アンはベッドを整えたり、花瓶《かびん》の水を替《か》えたりと、うろうろと動き回っていた。退屈《たいくつ》ならば、ルルと世間話でもしてくればいいものを、どうやらシャルが書いている手紙の内容と誰に送る手紙なのかが気になって、そばを離れがたかったらしい。

安全のために、この手紙の内容も宛先も、最小限の人間にしか知らせまいとシャルは決意していたので、あえてアンの動きを無視した。それでも彼がなにか話してくれることを期待していたのか、彼女は部屋から出て行かなかった。

そうして待ちくたびれて、眠ってしまったらしい。手紙を懐《ふところ》に入れてベッドに近づくと、ベッドカバーの上に、毛布も掛《か》けずに寒そうに丸まっているアンを見おろす。

「風邪《かぜ》をひくぞ」

声をかけたが、アンは口を半開きにしたまま眠っている。小さくなって眠るその様子に、彼女に覚悟《かくご》を迫《せま》ったことが今更《いまさら》ながら鈍《にぶ》い痛みになってうずく。本当ならば安全で暖かい場所に彼女を隠《かく》して、信頼《しんらい》できる者に託して、危険から守りたい。けれどアン自身が、安全な場所で待つことを拒否《きょひ》している。そしてシャル自身もまた、彼女と離れがたい気持ちが抑《おさ》えられない。

――すべてを承知で覚悟した。だから、俺はこいつを守り抜《ぬ》く。

ベッドに膝《ひざ》を乗せ体を横たえ、アンの背を抱《だ》く。首筋に顔を寄せて、彼女の甘い銀砂糖の香《かお》りを吸い込むと、鼻先に彼女の体温を、ふわふわとした感触《かんしょく》として感じた。

こうやっていると、頼《たよ》りない体温の感触に癒《い》やされる。

シャルの片羽は今、エドモンド二世の手にある。自らの片羽が誰《だれ》かの手に渡っていると、妖《よう》精《せい》は本能的に不安を感じる。しかもその羽を持っている相手が、敵となるかもしれない相手だ。いかなシャルでも、胸の奥にある小さな黒い塊《かたまり》のような不安が、常に耳障《みみざわ》りな羽音をたてているような気がする。それでもこうやってアンの体を抱けば、その小さな黒い塊が、いっとき不《ふ》愉《ゆ》快《かい》な音を消す。

アンがもぞもぞと身じろぎし、首をねじり、とろりとした寝ぼけ眼《まなこ》でシャルを見る。

「……シャル？」

返事の代わりに首に軽く口付けると、アンはびくっとして、いきなり正気づいたように目をまん丸にした。跳《は》ね起きようとするのを、強引《ごういん》に引き寄せて元の体勢に戻《もど》す。

「な、なに？　シャル……。あの、あの。ごめんね、寝ちゃった。シャルも、お昼寝したいの？　お手紙、書けた？　今、何時？」

動揺《どうよう》を誤魔化《ごまか》そうとするかのように矢継《やつ》ぎ早に質問するのがおかしくて、アンの首筋に顔を埋《うず》めたまま笑った。

抱きしめた背中から、小動物のように速い鼓動《こどう》が伝わってくる。これほど動揺しているなら全力で逃《に》げ出せばいいのに、彼女はすこし前から、大人らしく、恋人《こいびと》らしく振る舞《ま》おうと必死に努力しているのだ。それがかえって子供っぽいことに気がついていない間抜《まぬ》けさが、愛らしい。

「手紙は書けた。銀砂糖子爵《ししゃく》が来るのを、待つだけだ」

「そ、そっか。うん。ヒューが来れば……」

と言いさしたアンの言葉が途切れ、体が硬直《こうちょく》する。

「どうした？」

突然《とつぜん》の変化にアンの顔を覗《のぞ》きこむと、彼女の目は部屋の出入り口に注がれ、固まっている。耳も頰《ほお》も、床《ゆか》に射《さ》しこむ夕日の色より赤い。アンの視線の先にある扉がいつのまにか開いており、扉の枠《わく》にもたれて腕《うで》組みし、ヒュー・マーキュリーがにやにやしながらこちらを見ていた。

銀砂糖子爵別邸《べってい》に一度帰宅したのか、正装を脱《ぬ》ぎ、普段着《ふだんぎ》の楽な姿になっていた。

シャルと目が合うと、ヒューはにんまりと口の端《はし》を引きあげる。

「遠慮《えんりょ》せずに続けろよ。邪魔《じゃま》せずに待っていてやるぜ、いくらでもな」

ルルといいヒューといい、どいつもこいつも、シャルの邪魔が楽しくて仕方がないらしい。

ここにミスリルがいたら最後、シャルはアンに指一本触《ふ》れられないのではないかと思う。

「そこにいるのが邪魔だ。消えろ」

言いながらシャルは、硬直しているアンを放すと身を起こす。

「俺はおまえさんに呼ばれて来たんだがな。そう無下に扱うなよ」

「そうだったな」

ため息混じりにベッドから下りると、シャルは出入り口に向かった。背後をちらりと確認《かくにん》するが、アンはまだベッドの上で硬直していた。

「この手紙だ」

ヒューの正面に来ると、シャルは懐から手紙を取り出した。ヒューの手がそれを受け取ろうと伸《の》ばされるが、彼の指が手紙にかかる寸前に、さっと引く。

「受け取る前に言っておく。これをある人物に渡して欲しい。ただし秘密裏《ひみつり》に。しかもこの手紙が誰の手に渡されたのか、そのことは一切《いっさい》他言しないと誓《ちか》え」

「なんの手紙だ？　なぜそんな用心が必要だ？」

「余計な事は知らないほうがいい。ただ、砂糖菓子《がし》の存続のために必要なことだ」

眉《まゆ》をひそめ、シャルの要求を胡散臭《うさんくさ》げに聞いていたヒューだが、砂糖菓子存続のためという言葉に、致《いた》し方ないというようにため息をつく。

「わかった。誓う。で？　誰に渡す」

シャルは手紙をヒューに渡しながら、彼の耳元でその名を囁《ささや》いた。その名を聞くとヒューはちょっと目を丸くし、それから首を傾《かし》げる。

「彼に渡す手紙が、それほど重要なものになるのか？」

「そうだ。誓《ちか》いは守れ、銀砂糖子爵」

「守るさ。砂糖菓子のためというならばな」

上衣《うわぎ》の内側に手紙を収めると、ヒューは面白《おもしろ》そうにちょっと片眉をあげて、シャルの背後を見やった。

「どうしたアン？　涙目《なみだめ》だぞ」

ふり返ると、頬を染め、恨《うら》めしくて泣きそうな目でヒューを睨《にら》みつけながら、アンがシャルの背後に立っていた。


できるならばこの場から逃げ出して、噴水《ふんすい》にでも飛びこみたかった。恥《は》ずかしさで死にそうだったが、シャルとヒューが、手紙を手にしてひそひそ会話をはじめると、ようやく硬直していた体が動くようになる。

二人の会話は気になるが、ヒューの顔を見るのは恥ずかしい。だが、気になる。

葛藤《かっとう》しながらよろよろとベッドを下りると、シャルの背後に近寄った。それにいち早く気づいたのはヒューだ。涙目の理由をわかっているくせに、「どうした」と問うのが意地悪い。キャットがヒューをボケなす野郎《やろう》と呼び、散々のしる気持ちがよくわかる。

「なんで、……なんでノックもしてくれないの、ヒュー？　しかも入ってきたなら、声くらいかけてくれても……。そしたらこんな恥《はじ》をかかなくても……」

「いいじゃないか、恥でもなんでもないぜ。やれるうちに、やれることはなんでもやってお け」

両手を広げ爽《さわ》やかに言うヒューに、アンは落ち着きかけていた恥ずかしさが再燃した。頰の赤さが増す。しかしシャルは、

「正論だ」

と深く頷《うなず》く。

――そこでなんで同意しちゃうのシャル!?

いたたまれなくなり、顔を伏《ふ》せてさらに小さくなってしまう。

「用件はそれだけだ。行け、銀砂糖子爵」

さすがに可哀相《かわいそう》に思ってくれたのか、シャルはヒューを追いだしにかかる。

「言われなくとも、帰るさ。俺も暇《ひま》じゃない。ウェストルに残っている連中に、詳細《しょうさい》を知らせる必要もあるしな」

小さく縮こまっていたアンだったが、その言葉に反応して顔をあげた。

「ヒュー。シルバーウェストル城にいるみんなや、王国全土の職人たちには、なんて指示を出すの？」

「シルバーウェストル城にいる連中には、シャルとアンが最初の銀砂糖を手に入れる可能性があると伝える。だが確実におまえさんたちが成功するとは、言えない」

ヒューは最初の砂糖林檎《りんご》の木がどこにあるのか、どんな状態にあるのかを知らない。ただ長年の職人の勘《かん》で、五百年以上も秘密裏に守られてきたものが、そうそう簡単には手に入らないだろうと予想しているのだろう。

彼の予想は正しい。最初の砂糖林檎の木がある場所には、今、ラファルとエリルがいるはずなのだ。彼等と和解するか、もしくは戦わなければ、砂糖林檎は手に入らないのだ。

「シルバーウェストル城の連中には、なんとかして手持ちの材料で銀砂糖を精製する方法を考え続けろと命じる。不可能かもしれないが……おまえさんたちが失敗したとき、それで全て《すべ》を諦《あきら》めることはできんからな。全土の職人に対しても、原因は去年の銀砂糖が、最初の銀砂糖としての力を失っているからだと知らせる。そして解決策を探《さぐ》れと命じる」

「失敗を見越《みこ》しての指示は感心出来ぬぞ、マーキュリー。縁起《えんぎ》が悪い」

ヒューの背後から、落ち着いた声が割って入った。

聞き覚えのあるその声にシャルは眉をひそめ、ヒューはふり返ると、驚《おどろ》いたように目を見開きその場に膝をついた。

「陛下」

二章　動き出す妖精王

等間隔《とうかんかく》に開けた廊下《ろうか》の窓から、斜陽《しゃよう》が射《さ》しこむ。その光に背を押されるようにして、簡素な水色の上衣を身につけたエドモンド二世がゆっくりとこちらにやって来る。赤い夕日に照らされる金髪《きんぱつ》が、おぼろに光に溶《と》けるように輝《かがや》いていた。

なぜ国王が供も連れずに、こんな場所にやって来たのか。服装から察すると公務を離《はな》れているのだろうが、それにしても、なぜわざわざ。

不審《ふしん》と不安を感じながらも、アンもヒューに倣《なら》って慌《あわ》ててその場に膝《ひざ》をつく。

シャルだけがその場に立ち、人間王を静かに迎《むか》える。

「俺になにか用か？　人間王」

エドモンド二世は首を振《ふ》った。

「公式にあなたに用件があって来たわけではない。散歩に来たのだ。ここの中庭は人の目がなく、落ち着く。余の気に入っている散歩道だ。だが中庭からマーキュリーの姿が見えたからな、すこし気になったのだ。マーキュリーになんの用事がある、妖精王」

「たいした用件じゃない」

誤魔化《ごまか》すようなその言葉に、エドモンド二世は眉をひそめる。

「たいした用件ではない……そうだろう。そうだろうと思いたい」

「なにが言いたい？」

「おそらく、余は不安なのだ。あなたとの誓約《せいやく》を成すと決断したが、果たしてそれが吉《きち》と出るか凶《きょう》と出るか。だからあなたの動きが気になってならぬ」

「信じられないか？　俺の言葉も、約束も」

「信じられない、というわけではない。だが……いや、やはり半分は信じ切れていないのだろう。あなた自身が信じられないのではなく、あなたの望む未来が、本当に可能であるということが信じられないのだ、おそらく」

薄青《うすあお》い瞳《ひとみ》が、シャルの黒い瞳を真っ直《す》ぐに見つめる。

執務室《しつむ》で宰相《さいしょう》と銀砂糖子爵《ししゃく》を従えていた時よりも、その表情には不安が濃《こ》い。王という立場で臣下の前に立てば、彼は自らの不安をできるだけ隠《かく》さねばならない。そうでなければ王としてやっていけないのだろうが、王とて人間だ。自らの決断に不安を抱《いだ》きもする。

国王の正装を脱《ぬ》ぎ、一人ひっそりと散歩にやって来た彼は、常に演じる王という役目から、すこしだけ気持ちが離れているのだ。つい、ぽろりと本音を漏《も》らしてしまったのだろう。

アンが最初に、エドモンド二世と知らずに彼と出会ったとき、彼はエディーと名乗っていた。今のエドモンド二世の雰囲気《ふんいき》は、その時の彼と同じだ。

「気弱だな、人間王」

からかうようにシャルが言うと、エドモンド二世は苦笑《くしょう》した。

「そうだな。だが生き物として、不安はあたりまえであろう？　あなたも、不安でないとは言わせぬ」

正直なエドモンド二世の言葉に、シャルはしばし沈黙《ちんもく》した。エドモンド二世の素《す》に近い雰囲気に引きずられるように、シャルの雰囲気もまた妖精王の厳しいばかりの空気は薄《うす》れ、いつもの皮肉屋の表情が覗《のぞ》く。

「だから？　俺にどうしろと？」

「さあ。どうにかして欲しいと思っているわけではない。どうして欲しいかも、わからぬからな。ということは、これは愚痴《ぐち》なのだな」

それを聞くとシャルは、静かに、途方《とほう》に暮れたような響《ひび》きすらある声で告げた。

「俺も羽を渡《わた》した以上に、俺の約束を証明する術《すべ》はない。俺はその羽にかけて、俺の望みを実現させるとしか言えない」

エドモンド二世ははっとしたように、己《おのれ》の胸のポケット辺りに手を当てた。そこにシャルが預けた羽が入っているらしい。

二人は、用心深い野生の生き物のようだった。

シャルもエドモンド二世も、互《たが》いに強い力を持っている。シャルは妖精としての能力と妖精たちを従える資質。エドモンド二世は疑いようもなくハイランド王国の王であるという、最高の権力。

だがこうやって簡素な部屋の中で向き合っていると、ただの生き物でしかない。互いを傷つけようと思っているのではないが、互いを信じ切れずに用心深く距離《きょり》を測り、周囲の気配を探りつつ、じっと牽制《けんせい》し合う野生の生き物だ。葉擦《はず》れの音、あるいは不意に飛び出す予期せぬ生き物の介入《かいにゅう》により、彼等は互いに背を見せて逃《に》げ出す。あるいは咬《か》みあう。

二人は不安なのだ。未来が不安で、仕方がないのだ。

——でも誰《だれ》だってそうだ。シャルと国王陛下と同じ。わたしだって、ルルだって、ヒューだって。今、シルバーウェストル城にいるみんなだって……。

膝をついたまま、アンはドレスのスカート地を握《にぎ》る。この不安をどうすればいいのだろうか。

「俺が渡したものを持っていても不安ならば、己の選択《せんたく》が間違《まちが》っていない方向へ未来が動くように祈《いの》るしかない」

シャルの言葉に、アンは目を見開く。

——祈り。

幸運が来るようにと祈る方法。アンが知っている方法は、一つしかない。

「しかし、我々の祈り願うことを成功へ導くよすがの砂糖菓子《がし》は、今消えようとしているのだ。新たな銀砂糖が精製出来ぬ限りは、今年の砂糖菓子品評会すらも中止せざるを得ない。今年は、新たな銀砂糖師が誕生しない」

「でも！」

アンはたまりかねて顔をあげ、声をあげた。その声に、全員の視線が跪《ひざまず》いた彼女に集まったので、慌てて顔を伏《ふ》せた。

「申し訳ございません。つい」

「よい、ハルフォード。立ちなさい。会話を許そう。マーキュリーも、立て」

恐《おそ》る恐る、アンは立ちあがった。しかし意を決して告げた。

「陛下。祈ってください。今年の銀砂糖は精製出来なくても、まだ、去年の銀砂糖は残っています。その銀砂糖がある限り、幸福を祈り、乞《こ》い願うことはできます。陛下もさきほど、銀砂糖子爵に仰《おっしゃ》いました。失敗を見越しての指示は感心しないと。だったら、失敗を見越して待つのではなく、成功を祈って待っていてください」

アンとともに立ちあがったヒューは、アンの言葉に目を見開くと、

「祈り」

なにかに気がついたように、呟《つぶや》く。

エドモンド二世はすこし考えるそぶりをして、ちらりとヒューに目を向ける。

「祈り？　わたしのために、銀砂糖子爵になにか作らせるか……」

その言葉に、アンはちょっと眉根《まゆね》を寄せる。

――ヒューの作る砂糖菓子は、とっても綺麗《きれい》で力強くて、おそらくこの王国で最上の幸福を招く砂糖菓子。だけど……。

シャルとエドモンド二世が望むものは、王国のあり方を変えるほどの未来だ。巨大《きょだい》な得体のしれない力や、たくさんの人の思惑《おもわく》が入り交じるものの道筋を、望む未来へ導くほどの幸福は、たった一人の作る砂糖菓子で招けるだろうか？　どこか不安だ。

――でも……。

アンは王国最高の職人が作る砂糖菓子以上のなにかを、知っている気がした。

エドモンド二世に目配せされたヒューは、口元に微笑《びしょう》を浮《う》かべる。

「わたしが陛下のために砂糖菓子をお作りしても、さほどの幸福が招けるとは思えません」

希望を否定しながらも、ヒューの瞳はどこか嬉《うれ》しげだった。それに気づいたらしいエドモンド二世は、訝《いぶか》しげに問う。

「では無駄《むだ》だと？　このような大切なとき、そもそも砂糖菓子の存続に関《かか》わる大事には、砂糖菓子は無力だと？」

「いいえ、陛下。ただ陛下と妖精王が望むものは、王国の根底を変えるほどのもの。そして砂糖菓子の存続をかけた祈り。そのような大きな二つの祈りに、わたし一人の砂糖菓子で事足りるとは思えないだけです。ですが陛下、考えてみてください。王国に一年間の幸福が約束されるようにと祈る新聖祭に、なぜ銀砂糖子爵が砂糖菓子を作らないのか。王国の幸福を祈るのであれば、国王陛下の命令により銀砂糖子爵が砂糖菓子を作っても不思議ではない。新聖祭には陛下も祈りを捧《ささ》げるのですから。なのになぜ、あえて工房《こうぼう》に仕事を任せるのか？」

その問いにエドモンド二世はさらに眉根を寄せたが、アンは息を呑《の》んだ。

──そうだ。工房が仕事をするその意味。

目を見開いたアンの表情に、「気がついたか？」と問うように、ヒューは微《かす》かに頷《うなず》く。

──より大きな祈りには、最高の職人が作った一つの砂糖菓子よりも、たくさんの職人の手で作られた大きな砂糖菓子の方が効力があるから⁉　そうなの⁉

個人の勝利や幸福を願う祈りであれば、最高の職人の、最高の砂糖菓子で事が足りる。しかしたくさんのものが絡《から》み合う、大きく、得体のしれない、巨大なうねりに対峙《たいじ》するには、たくさんの職人の手と、そして大きく、たくさんの砂糖菓子が必要なのだ。

先人たちは経験的にそれを知っていたから、新聖祭には工房同士を競《きそ》わせ、工房という、職人たちの集団に仕事を任せた。

隣《となり》に立つヒューの横顔を見あげ、アンは改めて、彼の砂糖菓子職人としての資質の高さに舌を巻く。彼は技術のみならず、確かな知識と冷静な思考力を備えている。アンが感覚的にしか理解していないことを、彼は冷静に分析《ぶんせき》して、理論付けて、理解しているのだ。それは彼が身につけている砂糖菓子作りの技術と同じで、ぶれのないもの。

アンはまだ、学ばなくてはならないことがたくさんある。

「王国の一年の安寧《あんねい》を祈るだけでも、聖ルイストンベル教会の聖堂を埋《う》める砂糖菓子が必要なのですから。陛下と妖精《ようせい》王が望む未来に対して、どれほどのものが必要かご想像ください」

ヒューの言葉に、エドモンド二世もようやくあっと、微かに声をあげた。

「よりたくさんの、より大きな、砂糖菓子。大勢の職人の手によるものが、必要なのか……？」

去年の新聖祭の時、ペイジ工房の職人たちとともに、聖ルイストンベル教会を砂糖菓子で飾《かざ》った時のことをアンは思い出す。あの時、あの場所に満ちていた職人たちの思いと熱気は、確かに、新しい幸福を招く力を作り出せた。

——あの時に以上の、なにか。

未知への期待で、胸がどきどきする。

「では、どうする？　マーキュリー」

祈りに必要なものを悟《さと》ったエドモンド二世は、厳しい声で訊《き》く。問いではあったが、そこにあるのは命令の響きだ。そこでヒューはさらに目を細める。

「陛下がお望みとあらば、砂糖菓子の存続と、王国の安泰《あんたい》を祈るために、今ある全《すべ》てのものを使い、最大の幸福を招く砂糖菓子を作ってみせます。国王陛下の命であるならば、今年の砂糖菓子品評会のかわりに、職人たちを集《つど》わせましょう。残りの全ての銀砂糖を王国全土から集め、できる限りの職人を集め、最大の幸福を招く砂糖菓子を作らせるのです」

その提案に、アンの胸の鼓動《こどう》が速くなる。

砂糖林檎《りんご》の収穫《しゅうかく》直前で、去年の銀砂糖が底をつきかけている。とはいっても、王国全土からかき集めれば相当な量になるはずだ。そしてその大量の銀砂糖を使って、たくさんの職人たちが一斉《いっせい》に作業をすれば、どれほどの砂糖菓子を作れるのだろう。

新聖祭に聖ルイストンベル教会を飾った砂糖菓子など、比ではない。もっと大規模なものを作れる。

「残りの全てを使い、最大の幸福をか」

エドモンド二世は目を伏せて呟くと、シャルの羽を収めている胸のポケット辺りに手を置く。

「余に預けられたものは、軽くないと知っている。妖精王の命。ハイランド王国の幸福と未来。余は待つことしかできぬ。そうであるならば、全力をもって祈るしかあるまい」

顔をあげると、彼の表情が変わる。王の威厳《いげん》をもって、声の調子すら改めた。

「銀砂糖子爵《ししやく》。余が命じる。今年の砂糖菓子品評会のかわりに、王国全土の銀砂糖とできうる限りの職人を使い、砂糖菓子の存続と、王国の未来の幸福を祈る砂糖菓子を作れ」

それはエドモンド二世の決意の表れだ。

二人の王が互いに決意し、覚悟《かくご》を見せ、ともに未来を信じようとしていた。

──そのための砂糖菓子。

信じられないほどの幸福を招く砂糖菓子を、ヒューは作るといっているのだ。全ての銀砂糖と、できうる限りの職人の手を借りて。

「承知しました。全力で」

ヒューが深く頭をさげると、エドモンド二世は、

「明日。正式に王命を発す」

と約束し、それからちらりとシャルに目を向けると、

「誓約《せいやく》を記した石板が砕《くだ》かれることがないよう、わたしは祈《いの》ろう」

それだけ告げると、きびすを返した。

「王国全土の銀砂糖を集めて作る、砂糖菓子。どんなものになるの？　どうやるの？」

呆然《ぼうぜん》とアンが呟くと、エドモンド二世の歩み去る背中を見送っていたヒューが、にっと笑ってふり返った。そしてアンの頭を、ぽんと叩《たた》く。

「やりたくてたまらんような顔をしているな、アン」

「当然よ！　ヒューだって」

「ああ、面白《おもしろ》いことができそうだ」

「何を作るの!?　どうやって、どこに作るの!?　ヒューだったら、もう考えがあるんでしょう!?」

夢中になって問いただすと、ヒューは頷く。

「ぼんやりとな」

「教えて！」

「知ってどうする？　おまえさんは、これに参加出来ないはずだ」

言われて、アンは自分の使命を思い出してはっとする。

何を作るか？　どうやって作るか？　それを考えるだけで、胸が高鳴るのは職人として当然だ。しかしアンは、この計画には参加出来ない。アンはシャルとともに、最初の銀砂糖を手に入れる旅に出なくてはならないのだ。アンには、託《たく》された使命がある。

そもそもヒューの提案した大規模な砂糖菓子《がし》の計画も、アンとシャルが、最初の銀砂糖を手に入れ、砂糖菓子を存続させるための祈りなのだ。

「いいか、アン」

落ち着いた声で、しかし銀砂糖子爵の厳しい目で、ヒューはアンの胸を指さす。そこにしっかりと、言葉を収めろと命じるように。

「忘れるな。この計画は、砂糖菓子を存続させるためのものだ。おまえたちが下手を打てば、砂糖菓子は永久に失われ、この計画が、職人たちの最後の仕事にもなりかねない」

「わかってる。絶対に、失敗できないことだって」

今までもそう思ったことは何度もあるが、今回は重さが違《ちが》う。職人だからこそ、アンにはそれがよく分かっていた。

アンとシャルに託されるのは、砂糖菓子の未来と妖精の未来。二つながらに、たくさんの人々の願いがそこにある。

「いいな。おまえさんは、絶対に最初の銀砂糖を手に入れて帰ってこい。俺たちはそのために、仕事をするんだ」

こくりと頷くと、ヒューはシャルにも鋭《するど》い視線を向けた。

「おまえさんを信じてるぜ。だからこうやって、小間使いもやってやる」

「信じろ。銀砂糖子爵」

強い言葉に、ヒューはふっと表情を和《やわ》らげた。そして手紙を入れた胸ポケットをぽんと叩くと、軽く手をあげてきびすを返した。

「手紙は、確実に渡《わた》す。秘密裏《ひみつり》にな。俺はこれから忙《いそが》しくなる。全土の職人たちに、急ぎ指示を出す」

背を見せた彼の横顔は、笑っていた。その目は生き生きと輝《かがや》き、まるで百年の牢獄《ろうごく》から解き放たれた者のような喜びがある。砂糖菓子職人が、王国全土の銀砂糖と職人を使って砂糖菓子を作ってみせろと命じられれば、喜びに興奮しないわけがない。

一世一代の大仕事になるのは明らかだ。全土の職人と銀砂糖を使って砂糖菓子を作る大計画など、聞いたことがない。ヒューは砂糖菓子の存続のために祈りながら、この大仕事を楽しもうとしているのだろう。「最後の仕事になるかもしれないのならば、楽しまないでどうするのか」という、彼の声が聞こえた気がした。

陽《ひ》が沈《しず》むと、アンとシャルはいつものように部屋で食事をとり、ベッドに入った。第一の天守では、さすがにアンとシャル、別々の部屋を与《あた》えられていた。アンは自分のベッドに潜《もぐ》りこんでいたが、夕暮れに国王が命じた砂糖菓子作りの仕事を思えば興奮が冷めやらず、なかなか睡魔《すいま》はやってこなかった。絹のシーツに何度も頬《ほお》をすりつける。

それでも真夜中近くになると、うつらうつらし始めた。

「アン」

ようやく眠《ねむ》りに入ってすぐ、耳元でシャルの声が呼んだ。

「……シャル？　なに……？」

カーテンを開けっ放しにしていた部屋の中には月光が射《さ》しこみ、絨毯《じゅうたん》の模様が確認《かくにん》出来るほど明るかった。目を開けると、間近にシャルの顔があった。彼の長い睫《まつげ》に、月光の白い光がまつわりついている。

──綺麗《きれい》。

ぼんやりとそう思っていると、彼はアンの耳元で囁《ささや》いた。

「起きて着替《きが》えろ。出発する」

「え？　出発って、まさか、最初の銀砂糖を手に入れるため？」

「そうだ」

その答えに、目を瞬《またた》く。

「まだ準備、なにもしてないのに」

「準備は必要ない。着替えるだけでいい、早くしろ。手伝って欲しいのか？」

シャルの手が、アンの寝間着《ねまき》の胸元《むなもと》のリボンをするりと解《ほど》いたので、アンは仰天《ぎょうてん》して胸元を押さえて飛び起きて、ベッドの上を尻《しり》で後退《あとずさ》った。

「いい、いいからっ！　必要ないから！　すぐに着替えるから！」

しのごの言っていると、ひっ捕《つか》まえられて寝間着を脱《ぬ》がされそうな危険を感じ、慌《あわ》ててベッドから飛び下り、ドレスを手にして衝立《ついたて》の陰《かげ》に飛びこんだ。

「最低限の着替えだけ持っていけばいい」

衝立の向こうからシャルに言われる。ほぼ身一つで、最初の砂糖林檎の木があるビルセス山脈の懐《ふところ》まで行くというのだろうか。首を傾《かし》げるが、質問を許されない雰囲気《ふんいき》がある。

手早く着替えを済ませると、衝立の陰から出て部屋の中にある自分の持ちものをざっと見回す。置いて行くのに未練があるものはないが、砂糖菓子を作る道具だけは手放せない。特に細かな細工をするための道具は、手に馴染《なじ》んだもののほうが格段に使いやすい。

革《かわ》製の道具入れに手持ちのベルトを通して、腰《こし》の辺りにくくりつけた。こうすれば邪魔《じゃま》にならない。あとは着替えを詰《つ》め込んだ小さな袋《ふくろ》が必要だったが、それは軽いので胸に抱《かか》えた。

「来い」

手を引かれ部屋を出て、足音を忍《しの》ばせて天守の階段を下りる。

「ねぇ、シャル。黙《だま》って行くの？　国王陛下にはなにも言わないで？」

「俺の部屋に人間王宛《あ》てに手紙を置いてきた。明日の朝、誰《だれ》かが見つけて届けるだろう」

「なんでこんな、夜逃《よに》げみたいに出て行くの？」

シャルが不満そうに言い返す。

「せめて駆《か》け落ちとぐらい言え」

――駆け落ち。

その単語が照れくさい。真っ暗でほとんど何も見えない階段室では、シャルの手だけが頼《たよ》りだ。ひんやりとした掌《てのひら》で手を握《にぎ》られ、それに頼り切って歩むのは、昔、旅芝居《たびしばい》の一座がやっていた恋愛劇《れんあい》の一幕を思い出す。

これから旅に出るというならば、二人に待ち受けるのは大変な試練だとわかっている。それでもこの瞬間《しゅんかん》だけは、二人でいられるという事実が嬉《うれ》しかった。

――ぜったい離《はな》れないんだ。

そう思い、シャルの手を強く握り返す。

天守の一階に到着《とうちゃく》すると、そこは月明かりが射しこんで明るかった。出入り口の扉《とびら》が開かれ、廊下《ろうか》に、アーチ型の月光が射しこんでいるのだと知ると、シャルは警戒《けいかい》するように足を止めた。

夜間、第一の天守の出入り口は、中庭に抜《ぬ》ける内向きの出入り口も、外へ向かう出入り口も、双方《そうほう》とも木製の扉で閉《と》ざされるのだ。それが開かれている不審《ふしん》さ。

「来たか。妖精王《ようせいおう》」

廊下に響《ひび》いたのは、ルルの声だ。

シャルの緊張《きんちょう》がほぐれたのが、掌を通して伝わってきた。シャルは開かれたままになっている、外向きの出入り口に向かって歩き出した。するとその出入り口の枠《わく》にもたれるようにして、ルルがへにゃりと座りこんでいるのが見えた。

「なぜここにいる?」

「昼間わたしに、王城で夜間、警備の手《て》薄《うす》な場所を訊《たず》ねただろう? 君はすっかり快復したし、誓約《せいやく》について人間王との話しあいも終わった。となれば、一刻も早く旅に出ようとするのはあたりまえではないか? しかも秘密裏にな。行き先を誰にも知られてはならぬからな。今夜動くとみたが、当たりだな」

そこでやっとアンは、シャルが真夜中に、準備もなく出発しようとした意図を理解した。

——そうか。誰にも知られてはいけないからだ。旅立ったことを知られなければ、追跡《ついせき》される心配がない。

人間王と妖精王は誓約を果たすために、条件を出し合い、合意した。しかし姑息《こそく》な手段でその合意や条件を反古《ほご》にしようとする連中がいないとも限らない。特に最初の砂糖林檎《りんご》の木がある場所がどこなのか、それが知られてしまっては妖精たちは最大の武器を失う。

アンとシャルが近寄って行くと、ルルはゆっくりと大儀《たいぎ》そうに立ちあがった。肩《かた》にかかる金の髪《かみ》をかきやると、月光が髪の一筋一筋に絡《から》むように光る。

「見送りをしよう、妖精王。そしてわたしの、最後の弟子《でし》よ。わたしの時間はそう長く残っていない。再び君たちに会えるかどうか、わからぬからな」

「ルル、そんな……」

そんなことを言わないで欲しいと言いかけたが、言葉は喉《のど》の奥に引っかかってしまう。ルルが口にしているのは事実で、それはルル自身がよく分かっていることで、彼女は覚悟《かくご》して全《すべ》てを受け入れているからこそ、ここにいるのだ。

「誓約が成ったという知らせが、必ず届くと信じておるぞ。妖精王」

そこでシャルは握っていたアンの手を離《はな》すと、ルルの正面に立った。

「おまえが耐《た》えた五百年の時間に、感謝する。銀砂糖妖精ルル・リーフ・リーン。おまえが存在しなければ、この世界は動けないままでいただろう」

するとルルは、シャルの頰に指を伸《の》ばして軽く触《ふ》れる。

「本当に君はよく似ておるよ、リゼルバ様に。君の口から感謝の言葉を聞けるとは、嬉しい限りだ。リゼルバ様に褒《ほ》められた気がする。所詮虜囚《しょせんりょしゅう》の身よと、延々と五百年腐《くさ》り続けておったが、わたしの五百年も無駄《むだ》ではなかったようだ」

六百年生きてきた妖精が、はにかむように微笑《ほほえ》む。それはシャルに向けた笑顔《えがお》ではなく、五百年前に消えた、彼女が愛した過去の妖精王に向けられた笑顔のようだった。

指を下ろすと、ルルはシャルの背後にいるアンに、ひたと視線を据《す》える。

「さあ、行きたまえ。君が、銀砂糖妖精のかわりに行くのだ。我が弟子よ。信じておるぞ」

「はい。必ず、誓約が成立するように努力します。最初の銀砂糖を、手に入れてきます」

ルルに弟子と呼んでもらえることが嬉しかった。彼女に認められることが、アンに勇気をくれる。銀砂糖妖精が認めてくれた職人なのだから、自分はなにかできると信じたかった。

シャルは再びアンの手を取り、足音を忍ばせて早足で駆け出した。走りながらふり返ると、第一の天守の扉を、ルルが閉めようとしているところだった。彼女の姿が扉の向こうへ消えるその瞬間まで、アンは何度もふり返っていた。

――ルル、待っていて。知らせが届くその時まで。

彼女に、世界が変わる瞬間を見せたかった。


揺《ゆ》らめく光が頰《ほお》にこぼれて、エリル・フェン・エリルはふと目を開けた。ぼんやりと上を見ると、揺らめきの向こうに明るい月が震《ふる》えるように光っていて、その青い光がエリルの頰に落ちていた。

周囲を見回すが、そこにあるのは銀灰色《ぎんかいしょく》の枝を大きく広げた、最初の砂糖林檎の木だけだ。赤い艶《つや》やかな実は日々色を濃《こ》くしており、程《ほど》なく熟《う》れきって爛《ただ》れた赤になるだろうと思われた。

この場所で時間の流れを感じられるのは、夜と昼とで明るさが入れ替《か》わることと、最初の砂糖林檎の木の実が、徐々《じょじょ》に色を変えることくらいだ。

最後の妖精王リゼルバ・シリル・サッシュが未来の妖精王たるべき存在として残した、オパールと黒曜石とダイヤモンド。その中の一つ、ダイヤモンドから生まれたエリルは、他《ほか》の兄弟石の妖精王とは違《ちが》い、その背に二枚の羽を持っていた。伸びをするように羽をぴんと広げ、ぶるぶるっと震わせると、月光が弾《はじ》かれて銀の粉が舞《ま》ったように光る。

銀の髪をかきやりながら起き上がると、自分の隣《となり》に寝《ね》ていたはずの兄弟石の妖精王の一人、ラファル・フェン・ラファルの姿が消えていることに気がついた。

「ラファル？」

呼ぶが、返事がない。彼の気配も感じられない。立ちあがってぐるりと砂糖林檎の木の周囲を廻《めぐ》ると、ちょうど自分が寝ていた木の反対側の幹にもたれかかり、銀砂糖妖精筆頭が座っていた。靴《くつ》を履《は》いていない彼は、素足《すあし》で草を踏《ふ》んでいる。それが寒そうでもあり気持ちよさそうでもある。目が合うと、彼は、

「どうかしたかの、不完全なる妖精王よ」

と、赤い瞳《ひとみ》でにこりと笑う。彼の瞳の色は熟れた砂糖林檎の実のようだ。

ここに三千年もの長きにわたって住んでいるという銀砂糖妖精筆頭は、いつ眠《ねむ》っているのかわからない。いつもふわふわ、ふらふらと、この閉じた空間の中をさまよい歩き、あるいは座りこみ、ぼんやりしている。

ラファルは彼のことを、役に立たない浮遊《ふゆう》物くらいにしか思っていないらしく、近頃《ちかごろ》ではほとんどその存在を無視している。だがエリルは、自分の名前すら忘れてしまっているようなこのおかしな妖精が嫌《きら》いではない。逆に三千年の時間を生きるのは、どういうことなのだろうかと、興味が湧《わ》く。世界にはエリルの知らないことがたくさんあって、自分は、たくさんのことを知らなければいけないと思い始めていたから、彼を無視出来ない。

「ラファルがいないのだけれど、どこへ行ったのか知らない？」

「そなたが眠ってすぐに、ここから出て行ったぞ。我が『どこぞへ散歩か？』と問うたが、『役立たずめ』と、失礼な返事をして、出て行きおったわい」

見た目はすらりとした銀髪《ぎんぱつ》の青年だったが、彼は古風なローブを身に纏《まと》っていて、しかも口調がどことなく妙《みょう》だった。

「外へ行ったの？」

ここにいれば人間に見つかることもなく、安全でいられる。しかもここにいる限り、ほとんどエネルギーを消費しないらしく、空腹を感じることもなく、ものを食べる必要もなかった。

この場所が特殊《とくしゅ》に閉ざされた空間で、時間が止まっているのか、もしくはおそろしく緩《ゆる》やかに流れているのか、どちらかなのだろうと思われた。

　そのせいなのか、エリルはこの場所にいるととても落ち着く。外へ出たいとは思わず、この銀砂糖妖精筆頭のように、ずっとここでふわふわと漂《ただよ》っているのも悪くないとさえ思う。ここに漂っているのは、自分が意識を持ち形を持ち、この世界に生まれ出る形になる前の感覚に似ているのかもしれない。

「どこへ行ってしまったのかな」

　黙《だま》ってラファルが出て行ったことにすこし寂《さび》しさを感じて、エリルは力なく、銀砂糖妖精筆頭の横に座る。

　ラファルは、リゼルバの残したダイヤモンドを常に身につけ、そしてそれを見つめてエリルをこの世に誕生させた。彼はエリルを大切にしてくれたし、様々なことを教えてくれる。彼はエリルにとって最も身近な存在だ。

　アンや、兄弟石の妖精《ようせい》王シャルに出会って、エリルはいろいろなことを知ったし、考えるようになった。それからラファルの言動に戸惑《とまど》うことが多くなったが、それでも、やはりエリルにとってラファルは大切なのだ。側《そば》を離《はな》れると、途端《とたん》に不安になる。

　筆頭は、小首を傾《かし》げる。

「捜《さが》しに行かぬのかの？」

「うん。外へ出るのは、いやだ」

「なぜにだの？」

「人間に追われるもの。ここにいれば、追われることはないもの。僕はもう、ずっとここでもいい。そうじゃなければ、どこかずっと遠いところ」

「我ならば、砂糖林檎の木がある場所なら、ハイランドのどこへでも送ってやれるがの」

「そんなこと、できる？」

「おお、できるとも。この世の砂糖林檎の林がある場所であれば、ここから一瞬《いっしゅん》で飛ばしてやれるわい。この砂糖林檎の木は、すべての砂糖林檎の親じゃ」

と、自分がもたれていた銀灰色の幹を撫《な》でつつ、赤い瞳の妖精は、自慢《じまん》たらしく顎《あご》をあげる。

「親？」

「さよう、親じゃよ。この砂糖林檎の木が根を伸ばすように、ずんずんと大地に、己《おのれ》の気脈を広げていく。そして気に入った場所に、砂糖林檎の木を芽吹《めぶ》かせる。砂糖林檎の木は、妖精や人間の好き勝手な場所に植え付けることができぬのじゃ。だからの、その気脈を伝えばよい。砂糖林檎の木が芽吹いている場所なら、我が送ってやれるのじゃ」

「へぇ、そうなの？　便利だね。じゃあ、あなたは自在に王国のどこへでも行けるんだね」

砂糖林檎《りんご》の木が普通《ふつう》の植物とは違っているように感じてはいたが、そんなふうにして生きているのだと知って、エリルはもの珍《めずら》しさに目を瞬《またた》く。

「いや、我自身は移動出来ぬ。砂糖林檎の気脈は、我自身と同じ。自分で自分を背負えぬのと同じ理屈《りくつ》で、我は使えぬ」

「あなた自身は不自由なんだね」

小首を傾げるエリルに、赤い目の妖精は高笑いする。

「そうなのじゃ、まことに不自由な身じゃ。どうじゃ、遠いところとそなたは言ったが、送ってやるぞ。どこへなりとも」

「そうだね。人間もいなくて、妖精もいなくて。動くものは動物と風だけの静かな場所って、ある？　行けるならそんな場所へ行きたい」

「なにを言っている、エリル」

砂糖林檎の木の向こう、背後からラファルの声がした。

「ラファル!?　帰ってきたの！」

彼が帰ってきたことが嬉《うれ》しくて腰《こし》を浮《う》かし、ふり返る。

薄緑《うすみどり》と薄青に、ほのかな金を溶《と》かしたような、曖昧《あいまい》な髪《かみ》色をした艶《つや》めく妖精が、微笑《ほほえ》みながらこちらに向かって来る。その表情に、エリルはすこしたじろぐ。笑っているのに、ゆらゆらと暗いものが立ちのぼるような気配がすこし怖《こわ》い。

立ちあがってラファルを迎《むか》えながら、エリルは眉《まゆ》をひそめた。

「どこへ行っていたの？　ラファル……血の臭《にお》い？」

腰におびる彼の剣《けん》から、微《かす》かに生臭《なまぐさ》い臭いがする。

ラファルは微笑みながら、上衣《うわぎ》の内側のポケットを探《さぐ》りはじめる。

「準備を始めようと思って、外に出た。エリル、ここに来た目的を忘れてないか」

優《やさ》しい口調だったが、言葉には非難の響《ひび》きがある。エリルは彼から目をそらした。

「忘れていないよ」

ラファルは、エリルが真の妖精王と名乗り妖精たちの中心に立ち、人間と戦い妖精の世界を取り戻《もど》すことを望んでいる。エリルはずっとそれを、当然と思っていた。自分も彼の望みのとおり、そうするべきだと思っていた。だがこの場所に来るために、わずかな時間一緒《いっしょ》に旅したもう一人の妖精王シャル・フェン・シャルは、ラファルの考えを真っ向から否定した。そしてアンという人間の少女は、人間が、単純に憎《にく》めばいいだけの相手ではないと、エリルに教えてくれた。

だがエリルはラファルが大切で、彼の思いもよく分かっていた。

だから今も、混乱する。自分はどうするべきなのか、よく分からない。だからつい、この場所で永久に漂っていたいと思ってしまうのだろう。

ラファルが手を伸《の》ばし、俯《うつむ》き目をそらしたエリルの顎に軽く触《ふ》れ、顔をあげさせた。

「顔をあげるんだ、エリル。おまえは完全なる、真の妖精王だ。わかっているな」

「うん、わかってると思う。たぶん……」

「ならば、いい。目的のための一歩を、おまえに授《さず》けよう」

顎に触れていた手を離すと、ラファルは上衣の内側から探り出したものを掌《てのひら》に載《の》せ、エリルの前に突《つ》き出した。

その途端、ざわりとエリルの背に悪寒《おかん》が走り、羽がびりびりと震《ふる》えた。背後に飛び退《の》く。

「これはなんなの⁉　ラファル！」

悲鳴をあげた。

ラファルがその手に摑《つか》みだしたのは、力なく、だらりと垂れ下がっている十枚ほどの妖精の羽だ。持ち主からむしり取られたそれは色がなく透《す》けていて、虹《にじ》のような艶《つや》はあるのに、輝《かがや》きはない。

銀砂糖妖精筆頭は、ちょっとだけ不快げに眉を動かしたが、無表情で黙ったまま、すっと立ちあがり、ふわふわと遠い場所へ向けて歩き出す。

「妖精商人のもとへ出向き、仲間を助け出した。十人ばかり、すべて戦闘《せんとう》力に長《た》けた者たちだ。おまえの話をして、ここに連れて来た。彼等は人と戦うならば、おまえを王としていただき、ともに戦うと言っている。今はこの砂糖林檎の林を守るように命じている」

「だから、この羽はなんなの⁉」

もぎ取られた片羽を目にするのは初めてだった。ラファルもシャルも片羽を失っていたが、彼等は自分の羽を大切に懐《ふところ》にしまっており、それをエリルが目にすることはなかった。

だがこうやって直接もぎ取られた羽を見ると、吐《は》き気に似たものがこみあげる。自らの背にある片羽の付け根に、気味の悪いむずがゆさを感じる。自分の羽が、こんなふうにもぎ取られたらと、嫌《いや》でも想像してしまう。

「彼等は片羽をおまえに捧《ささ》げ、従うと言っている」

「そんなものいらない」

　思考ではなく、生理的な拒否《きょひ》感《かん》が口をついて出た。

　自分の大切な羽を、誰《だれ》かの手に渡《わた》すなど、考えただけで怖気《おぞけ》が走る。そして想像するのもいとわしいものを、自分が手にするなどおぞましすぎた。

「エリル。おまえは王だ。彼らの羽を握《にぎ》り、支配し、人間と戦え」

　取れ、と迫《せま》るようにラファルは一歩を踏《ふ》み出す。エリルは呻《うめ》くように訊《き》く。

「ラファルは……なんで平気なの？　そんなこと……」

「王として必要なことだからだ」

「ラファル……人間……みたい」

　ラファルは眉をひそめて、あやすように優しく言った。

「どうした、エリル？　落ち着け」

　ラファルのことは、好きだ。彼は優しくて、エリルに大切なことをたくさん教えてくれる。けれど彼は時々怖くて、そして、彼の感じるものが不可解になる。その不可解さが、エリルの中で強くなる。それに耐《た》えられなくなる。

「ラファルは人間みたい。必要だからって、誰かの羽を握っていろと言うなんて」

ラファルの目の色が険しくなった。

「わたしを人間と一緒にするな、エリル。彼等は妖精《ようせい》を苦しめるために羽を奪《うば》う。しかし王が配下の羽を握るのは、統率《とうそつ》するためだ。意味が違《ちが》う。おまえは人の手に汚《けが》されていない、完全なる真の妖精王だ。これを持っている権利がある」

――人間とは、羽を持っている意味が違う？

本当に、そうなのだろうか。そうであるのならば、エリルはラファルの言葉のとおり、羽を手にすることが正しいのかもしれない。だが。

『考えてみて。自分の頭で、ゆっくりとでいいから』

アンの言葉を思い出す。混乱したら、考えればいい。そうしたら見えないことが、見えるかもしれない。落ち着くのだと、自分に言い聞かせる。

――考えて。僕が真の妖精王って、本当なの？

ラファルはそう言う。そして現実にエリルは、リゼルバ・シリル・サッシュが希望を託《たく》した、妖精王となるべき貴石から生まれたのだ。三人の妖精王の一人であることは事実だし、三人の中で片羽を失うことなく、屈辱《くつじょく》を受けたこともない。その意味で完全な妖精王だとラファルが言うなら、それは正しい。

――僕が妖精王だっていう、ラファルの言葉は正しい。じゃあ、ラファルは羽を握る意味は、人間と妖精王では違うって言ったけれど、それは正しいの？　でも正しいなら、僕が感じるこの嫌な感じはなに？

自分の心の中を覗《のぞ》きこみ、自分の不愉快《ふゆかい》さの原因を探ろうと、じっと俯く。心の底に見えるのは妖精の本能だ。

――そうか。僕は、嫌なんだ。妖精だから……。だったら……。

そこまで考えると、心の底に沈《しず》むなにかが発見出来た気がした。エリルは呼吸を整え、顔をあげるとラファルを見据《みす》えた。

「これはおまえの手にあるべきものだ。取れ、エリル」

促《うなが》され、エリルは強《こわ》ばった表情のまま、恐《おそ》る恐る手を伸ばして羽を握った。ひんやりとした羽の感触《かんしょく》に一瞬《いっしゅん》ぞっとしたが、その後、胸が痛む。

「これは僕が握っているべきものと言ったよね、ラファル。僕が自由にしていいの？」

「ああ。おまえのものなのだから」

「そう」

エリルは軽く羽を握りこむと、ぱっと駆《か》け出した。

「エリル!?」

ラファルの声が背にあたるが、エリルはかまわず駆け出した。そして走る勢いに乗り、一気に上に向かって跳躍《ちょうやく》する。ゆらゆらと揺《ゆ》れる夜空と月が、ぐんと目の前に迫ると、綿に突っこむような肌触《はだざわ》りがあった。一瞬だけ、目の前が真っ白に光り、くるりと、体が上下逆さに回転する感覚に襲《おそ》われる。

その一瞬後、足がしっとりと露《つゆ》に濡《ぬ》れた草地を踏んでいた。

足元から虫の声がする。頬《ほお》をかすめる秋の夜風が、エリルの銀の髪を揺らし、真っ直《す》ぐな月光が頬にあたる。ざわざわと砂糖林檎《りんご》の木の葉が鳴る。

エリルは砂糖林檎の林の中に立っていた。背後には鏡のように凪《な》いだ池の水面《みなも》があり、夜空と月と、砂糖林檎の大木を映している。

閉《と》ざされた安全な空間から出ると、外の空気が、ひどくかぐわしかった。雑多な薫《かお》りと音が、五感を満たすのが心地《ここち》いい。エリルはほっと息をついて目を細めた。

「おまえ……」

呻くような声が聞こえたので、エリルは視線をそちらへ向けた。砂糖林檎の林の中に、十人ばかりの戦士妖精たちがいた。彼等は皆《みな》、腰《こし》に剣《けん》をおび、背に矢筒《やづつ》を負っている者もいた。大《おお》柄《がら》でエリルの二倍はありそうな腕《うで》の太さをしており、いかにも力自慢《ちからじまん》の妖精たちだ。

しかし彼等は小柄《こがら》なエリルの姿を目にして、恐れるように後退《あとずさ》った。

同じ妖精同士。その発する気で、相手の力量というものはわかる。エリルも、彼等十人程度ならば、楽に相手出来るとわかっていた。

エリルは戦士妖精たちを見回すと、手にある羽をずいと突き出す。

「これは、あなたたちの羽なの？」

怯《おび》えているのか、警戒《けいかい》しながらも戦士妖精たちは頷《うなず》く。

「僕は、エリル・フェン・エリル。これを預かった」

背後で、草を踏む足音がした。ラファルがエリルを追って来たのだということが、彼の発する気配でわかる。

「エリル」

堂々と振《ふ》る舞《ま》うエリルの様子を目にして、ラファルは喜びを嚙《か》みしめるように、そっとエリルの名を呼んだ。エリルはその声が聞こえないふりをして、続けた。

「預かったけれど、返すよ」

その言葉に、面前にいる十人の妖精と、背後のラファルが同時に息を呑《の》む。

「エリル⁉ 何を言っている⁉」

ラファルが駆け寄ってきて、エリルの肩《かた》を摑《つか》んだ。しかしエリルは彼の方を一顧《いっこ》だにせず、妖精たちを見つめながら続けた。

「人間と戦いたいって、みんなは言ってるって聞いた。戦いたいなら、そうする必要があるのかもしれない。僕にはまだ、わからない。けれど今はっきりわかってるのは、何をするにしても、僕はあなたたちの羽なんか、持っていたくないってことなんだよ。だから返す」

ラファルが力尽《ちからず》くで、エリルの体を反転させた。そしてエリルの顔を覗きこみ、嚙みつくように叫《さけ》んだ。

「なにを言っているエリル！　なぜそんなことを⁉」

「ラファル。僕は人間と戦うべきかどうか、まだわからない。必要かもしれないとも思うし、そうでないかもしれないとも思う。まだわからない。けれどわかっているのは、僕は妖精王の一人だということ。僕は自分の片羽を、たとえ同胞《どうほう》の手にさえ渡したくはないということ。僕が渡したくないのなら、他《ほか》の者だって同じだよ。どんな理由があったって、意味があったって、妖精は羽を握られたら嫌なんだもの。だったら僕は、誰かの羽なんか握っていられない」

啞然《あぜん》とするラファルの手を強く振り払《はら》い、エリルは屈強《くっきょう》な妖精たちに羽を突き出した。

「みんな、羽を取りに来て」

一番近くにいた妖精が一人、ゆっくりと近づいてきた。

「貴様たち……」

脅《おど》すようにラファルが低く呻《うめ》くと、妖精はすこしだけ怯えた表情をしたものの、そのままエリルに近づき、彼の手から羽を受け取った。そして羽を手にするなり一歩後退り、その場に跪《ひざまず》いて頭をさげた。

その仕草にラファルが目を見開く。

エリルも驚《おどろ》いた。彼がどうしてこんな態度をとるのか、理解出来なかった。しかし一人、また一人と、戦士妖精たちはやってきてエリルの手から羽を受け取ると、跪き叩頭《こうとう》する。最後の一枚の羽が持ち主の手に戻《もど》ると、十人もの戦士妖精が、エリルの前に跪いて叩頭していた。

困惑《こんわく》しながら、エリルは妖精たちを見おろす。

「なんなの、あなたたち。なにをしているの？」

「妖精王」

最初に羽を取りに来た妖精が、恭《うやうや》しく呼ぶ。

「従います。妖精の世界を取り戻すためならば、王に従い、命をなげうち、戦います」

エリルは目を見開く。

「王よ。我らを導き戦い、妖精の世界を取り戻してください」

追い詰《つ》められたかのように数歩、エリルは後退っていた。

——戦う？　彼等は僕に、戦って欲しいと言ってるの？　ラファルと同じことを、僕に望んでいるの？　それが僕のするべきことなの？

後退ると、ラファルの胸に突《つ》き当たってしまった。するとラファルがそっと、エリルの両肩《りょうかた》に手を置き、耳元で喜びに震《ふる》える声で囁《ささや》く。

「エリル。真の妖精王だ。おまえは、わたしが期待したとおりの、真の王だ」

エリルは混乱した。自分はまだなにもわかっていないのに、戦えと要求されている。

——怖《こわ》い……。

体の芯《しん》が冷たくなるような恐怖《きょうふ》を感じ、エリルは生まれて初めて体が震えた。

戦うことが怖いのではない。ただこうやってなにもわからないままに、自分がどこかへ押し流されていくのが、怖かった。

必死で考えても、押し流されるかもしれない。

三章　すべて王都に

シャルはルルから訊《き》きだしていたらしい警備の手薄《てうす》な場所を通り、難なく王城から抜《ぬ》け出した。そして近くの馬車屋から馬を一頭盗《ぬす》み、それに乗ってルイストン郊外《こうがい》へ走った。馬泥棒《どろぼう》の行為《こうい》にアンは異議を唱えようとしたが、シャルは「返す段取りはつけてある」と言って、アンを納得《なっとく》させた。

そしてシャルが馬を走らせたのは、以前、ホリーリーフ城から逃《に》げ出した妖精《ようせい》たちが身を隠《かく》した、ブラディ街道《かいどう》に近い森の中だった。シャルは森の中に入ると馬を下り、轡《くつわ》を引いてゆっくり歩いた。まだらに月光が落ちる木々の枝に視線を走らせ、何かを探しているようだった。

しばらく彼の隣《となり》について歩いていると、彼がなにを探して歩いているのか気がついた。ときおり木の枝に白い布が結びつけられているのだ。シャルはその白い布を辿《たど》り、森の奥へ奥へと進んでいく。

歩き続ける二人の足音に驚き、頭上を梟《ふくろう》が飛び去ったり、あるいは、蛇《へび》がぼとりと目の前に降ってきたり。その度《たび》にアンはびくっとして首を縮めた。

「ねぇ、シャル。ここになにがあるの？　そろそろ教えてくれても……」

おっかなびっくり歩むのにも疲《つか》れて問いかけると、ふいにシャルの歩みが止まる。それにあわせて立ち止まると、前方の森の中に、ぼんやりとオレンジ色の小さな明かりが見えた。

「火の玉⁉」

飛びあがってシャルの腕に飛びつくが、彼の返事は冷静だった。

「違《ちが》う。俺が呼んだ奴《やつ》だ」

「シャルが？」

再び歩き出し、枝をかき分けて明かりに近づく。すると大木が倒《たお》れた跡《あと》なのか、そこだけが小さくぽっかりと開けた場所になっていて、丸い夜空が見える。

小さなランタンを倒木《とうぼく》の根の跡に置いて、こちらに背を向けて座っている人の姿があった。近くには、背の左右に荷を振り分けてくくりつけられた、栗毛《くりげ》の馬が一頭繋《つな》がれている。

二人の気配に、その人物がふり返った。

「キース⁉」

「アン！」

柔《やわ》らかな笑顔《えがお》で立ちあがったのは、キース・パウエルだった。

「アン。元気そうで良かった」

言いながらキースは駆《か》け寄ってきて、アンに握手《あくしゅ》を求めて手を差し出した。差し出されたその手に、一瞬《いっしゅん》のためらいを感じた。彼がアンを好きだと言ってくれたこと、そしてそれに自分が応《こた》えられなかったことは、いまだに心苦しい。しかしそんなアンの気持ちを見抜《みぬ》いたように、彼はすこしいたずらっぽく微笑《ほほえ》む。

「どうしたの？　失恋《しつれん》男とは握手もしてくれない？」

「う、ううん！　そんなことない」

慌《あわ》てて手を握《にぎ》ると、彼は軽く握り返してくれる。柔らかな温かさに、彼のこだわりのなさを感じてほっとした。

「どうしたのキース、こんなところに？」

「シャルに手紙をもらったんだ」

手を離《はな》すと、キースはシャルに向き直った。

「夕食の後にサリムさんがやって来て、手紙を渡《わた》してくれたんだ。焦《あせ》ったよ。真夜中過ぎに馬と旅の支度《したく》をして、この森で待てと指示があったから。荷物を揃《そろ》えるのがどれだけ大変だったか、わかるかい？　しかも君は差出人をSとしか書いてなくて、不親切この上ないね」

「だが、わかっただろう」

「理由も説明せず、あんな横柄《おうへい》な命令の手紙をよこすSなんて、一人しか思い浮《う》かばなかったよ」

シャルがヒューに託《たく》した手紙の宛先《あてさき》がキースであったと、アンはやっと理解した。ビルセス秘密裏《ひみつり》に出発する必要があったシャルは、真夜中に王城を抜け出す計画を立てた。

山脈へ向かうにはそれなりの旅支度が必要だが、そんな旅支度をしていては、出発がばれてしまう。そこで手紙でキースに指示を出し、こうやって支度をしてもらったのだろう。

「この旅支度はなんのためなの？　しかも、誰《だれ》にも気づかれないように来いというのは、ちょっと普通《ふつう》じゃないよね。君は何をしようとしてるの、シャル？　アンも一緒《いっしょ》に行くなら、危険なことじゃないだろうね？」

シャルは自分の引いていた馬の手綱《たづな》をキースに強引《ごういん》に渡すと、彼の質問には答えず、キースが連れて来た馬の綱《つな》を解《ほど》きにかかる。

「その馬は、王城近くの馬車屋から拝借した。ヒックスの馬車屋と看板があった。返しておけ」

「拝借？　なんだいそれ。とにかくこれはなんのための旅支度なんだい？　教えてくれないのかい」

むっとしたような顔になるキースに、シャルは淡々《たんたん》と告げた。

「知っていたら、問い詰められたときに答えてしまう。知らなければ、答えようがない。知らない方がいい」

「それはどういう意味なんだい⁉」

キースはアンをふり返った。

「アン、なにか危険なことなのかい⁉」

「行かなくちゃいけないの。砂糖菓子《がし》をこの世界から消さないためにも、妖精と人間のためにも。覚悟《かくご》してるから」

「覚悟って！　なに言ってるの？　君は女の子なのに。そもそも君、技術の習得はどうなったの？　今はそれに集中するべき時なんだよね」

「技術のことは、すこしずつだけど取り戻《もど》せているの。順調だから大丈夫《だいじょうぶ》。それにこれは、わたしが引き受けなければならない仕事だから、行かなきゃ」

「君じゃなければ駄目《だめ》なの!?」

蒼白《そうはく》になるキースの背後に、シャルは馬を引いて近づいてきた。

「ぐずぐずしている時間はない。すぐに出発する」

「君はアンを危険な場所へ連れて行こうとしているの!?」

苛立《いらだ》ちのあまりか、ふり返ったキースはわずかに声を高くした。

「俺も好きこのんで、こいつを連れて行くわけじゃない。だが、そうすることが二人にとって一番いいことだと思ったから、俺は決断した。そのかわり命に代えてもアンを守ると、約束する。それでは不満か？」

静かに、諭《さと》すように告げられた言葉に、キースは目を見開き、そして諦《あきら》めたように息をつきながら目を伏《ふ》せた。

「砂糖菓子を消さないためって、アンは言ったよね。……これから、なにかがあるんだね？」

下草の至る所から、秋の虫の音が途切《とぎ》れることなく響《ひび》いていた。澄《す》んだ音色が、心配げで、そしてわずかに寂《さび》しそうなキースの足元からも聞こえる。

「いずれわかるだろう。程《ほど》なく、銀砂糖子爵《ししゃく》から砂糖菓子職人全員に命令が下るはずだ。だが今は誰にも知られないように、旅立つ必要がある。だからおまえに頼《たの》んだ」

その言葉に、キースの口元がすこしだけほころぶ。

「信頼《しんらい》してくれたんだね、君は」

キースはなにかを思い切るように肩《かた》をすくめて微笑んだ。シャルはただ、頷《うなず》く。そして馬にまたがると、馬の首を叩《たた》いてなだめにかかる。

「わかった。理由は訊かない。君の『守る』という言葉を信じる。君が僕を信じてくれたみたいに」

そこでキースは、再びアンをふり返った。見つめてくる瞳《ひとみ》は、相変わらず真っ直《す》ぐで優《やさ》しい。

「気をつけて、アン」

言うと彼はアンの手を引いて馬の側《そば》まで導いてくれた。馬上から手を差し出すシャルにアンの手を渡すと、数歩馬から離れる。シャルの手に引きあげられ、背中を抱《かか》えられるようにして馬の背にまたがる。

「キース。行くね」

「君はシャルの恋人《こいびと》だ。君が彼と一緒に行くのは当然で、君自身が危険を納得《なっとく》しているならば、僕も納得する。でも僕は一度好きになった君のことを、嫌《きら》いになったり忘れたりしない。友人として君のことが好きだし、心配だ。だから君が無事に帰ってきて、また一緒に仕事してくれることを願ってるよ」

彼は、一度好きになった人を嫌いになったり忘れたりせずに、別の優しさを持ち続けてくれている。それがキース・パウエルの恋のあり方なのだろう。彼の深い優しさが、胸に響く。

——これからキースに愛されて恋人になれる子は、本当に幸せな子になる。

アンは微笑む。

「ありがとうキース。必ず、必要なものを持って帰ってくるから。行ってきます」

シャルが鞭《むち》を入れると馬はいななき、下草を蹴《け》散《ち》らして駆けだした。左右から迫《せま》る木々の枝を避《よ》けるために、馬の首にしがみついて身を低くした。

背後をふり返ると、ランタンの明かりに照らされるキースの姿は、見る間に遠くなり、木々の向こうへ隠《かく》れた。

これからキースにも、ホリーリーフ城にいる妖精《ようせい》たちにも、手持ちの銀砂糖を持参し、銀砂糖子爵の元へ集《つど》えと命令が下るはずだ。集まる場所は、おそらくルイストン。

全土から、銀砂糖と職人が集まってくる。もちろんウェストルのシルバーウェストル城にいる、ミスリルやキャット、ノア、エリオットたちにも招集がかかる。

——ミスリル・リッド・ポッド。どうしてるかな？　寂《さみ》しがってないかな？

職人としてシルバーウェストル城に残ると胸を張っていたミスリルだが、アンとシャルがなかなか帰れないことを、不安に感じていないだろうか。

以前はミスリルの命を救うために向かった北へ、再び向かっている。あの時は一緒にいられたミスリルがいないのを寂しく感じているのは、実は、アンかもしれない。

――でもミスリル・リッド・ポッドは、来ない方がいいんだ。

寂しがる自分をなだめるように、自分に言い聞かせた。

――なにがあるのか、わからない。あの場所にはラファルがいる……。そしてエリルも。

ラファルの剣《けん》で貫《つらぬ》かれた場所は痕《あと》もなくきれいになったのに、そこに刻まれた恐怖《きょうふ》は消えない。そっと脇腹《わきばら》を押さえて、怖《こわ》さをなだめようと努力した。恐《おそ》れていては、最初の砂糖林檎《りんご》の木に近づくことさえできない。最初の銀砂糖は手に入らないし、エリルに会うこともできない。

命を助けてくれたエリルに、アンはお礼の一言も言えていないのだ。そして砂糖菓子を彼のために作ってあげるという約束も、果たせないままでいる。

あの場所にエリルは今も、ラファルと共にいるのだろうか。そしてなにを思っているのだろうか。

澄んだ瞳で無茶《むちゃ》を言って、叱《しか》られれば項垂《うなだ》れたエリルの姿を思い出す。まるで幼子のようなのに、敵を前にしたときにはぞっとするような容赦《ようしゃ》のなさで斬《き》りかかろうとするし、とろけるような色香《いろか》を漂《ただよ》わせたりもする。精神の形が不確かな彼は、とても危《あや》うい。

エリルの手を、引いてあげたかった。そしてアンを包み込んでくれるシャルの傍《かたわ》らに、彼を引き寄せてあげたい。

——そうすればエリルはきっと、ラファルと同じにならない。

頰《ほお》をかすめていく夜風が、いやに冷たかった。

「銀砂糖子爵」

ここ数日の疲《つか》れのため、夢を見ることもなくぐっすり眠《ねむ》りこんでいたヒューは、意外な声を耳にしてぼんやりと目覚めた。だが瞼《まぶた》はなかなか開かない。

「起きなさい。銀砂糖子爵」

その声は新たな銀砂糖子爵後見人であり宰相《さいしょう》であるコレット公爵《こうしゃく》の、感情の読めない冷たい声だ。しかしまさか、ルイストンの銀砂糖子爵別邸《べってい》の、しかも自分の寝室《しんしつ》で耳にするはずがない。うつぶせで枕《まくら》に顔を埋《うず》めたまま、

——夢にしては、嫌《いや》な夢だ。あの冷血動物に起こされるというのは……。

うとうとと、再び眠りに落ちかけると、

「起きなさい」

わずかに苛立ったような声とともに、くるまっていたシーツをいきなり引き剝《は》がされた。

ひやりとした空気が背中と尻《しり》に触《ふ》れ、さすがに飛び起きた。そして目にしたのは、ベッドの脇《わき》に立つコレット公爵だった。いつもの冷静沈着《ちんちゃく》な表情でヒューを見おろしており、その手にはシーツが握《にぎ》られていた。彼の背後にはサリムもいたが、彼は珍《めずら》しく、どうすれば良いのか判断がつきかねるらしく困惑《こんわく》した表情だ。

ヒューにしても、状況《じょうきょう》が飲み込めず呆然《ぼうぜん》とした。しかしそれは一瞬《いっしゅん》で、驚《おどろ》きつつもすぐに反応出来た。

「コレット公爵……。このようなところへ、お越《こ》しとは……なにかありましたか？」

「あったから来たのです。訊《き》きたいことがあるのですが、とりあえず、これでも羽織りなさい」

そう言ってコレット公爵が、手にしたシーツを嫌そうに突《つ》き出してきたので、ヒューは自分の格好を思い出した。いつもの習慣で、裸《はだか》で眠っていたのだ。

「失礼いたしました。まさか公爵にお目にかかるとは思っておりませんでしたので」

いかな後見人とはいえ、他人の寝室に踏《ふ》みこんできた無礼を暗に非難しながらシーツを受け取り体に巻きつけると、コレット公爵は、

「悪いことをしましたが、急ぎ確認《かくにん》したいことがあったのです。あなたの身支度《みじたく》を待ってはいられません」

と、まったく悪かったと思っていない様子で、淡々《たんたん》と言う。

「なにかありましたか？」

「妖精王とハルフォードが、昨夜、秘密裏《ひみつり》に王城を発《た》ったようです」

「昨夜？」

いずれ彼等が折を見て、秘密裏に出発するだろうとは予測していたが、昨夜というのは早すぎる。旅の装備を整える時間はなかったはずだ。驚《おどろ》き眉《まゆ》をひそめるヒューの表情をじっと見おろし、コレット公爵は頷く。

「知らなかったようですね」

「……ええ」

答えつつ、ヒューはようやく働き出した頭の中で、昨日シャルから託《たく》された手紙のことを思い出していた。

――そうか。あれが、旅支度ってことか。

あの手紙は昨夜、サリムに命じてホリーリーフ城に届けさせた。サリムは夜陰《やいん》に紛《まぎ》れてキースを訪ね、密《ひそ》かに手紙を渡《わた》した。あの手紙でシャルは、キースに旅支度をさせ、どこかで受け取ったのだろう。

彼等が旅立ったことに期待すると同時に、彼等が、ヒューの知らないどこかへ行ってしまうことが不安だ。最初の砂糖林檎の木という存在を目にしたことがないヒューにとっては、そこへ行くというのは、異世界へ赴《おもむ》くようなものだ。よき職人として期待し、砂糖菓子《がし》を作り続けて欲しいと願っているアンが、そんな場所へ行ったことが心配なのだ。

「どこへ向かったのか、あなたはわかりますか？　銀砂糖子爵《ししゃく》」

問われて苦笑《くしょう》し、コレット公爵の目を真《ま》っ直《す》ぐ見あげた。

「ほんのすこしでも見当がついていれば、わたし自身が行っています」

コレット公爵の目には、わずかな焦《あせ》りがある。彼は誰《だれ》かとの交渉《こうしょう》に臨《のぞ》むとき、真っ正面から相手と対峙《たいじ》することを愚《おろ》かだと思っている種類の人間だ。今回のことに関しても、どうにかして自分たちに有利になるように、裏であれこれと手を尽《つ》くしているはずだ。

そして彼が裏で動いていたとして、最も手に入れたいと願うのは最初の砂糖林檎の木がある場所の情報だろう。それさえあれば、交渉など、はなからする必要がなくなるのだ。

コレット公爵は、シャルとアンを追跡《ついせき》し、最初の砂糖林檎の木のありかを突き止めたくて仕方がないはずだ。

――ダウニング伯爵《はくしゃく》よろしく、俺を鞭打つか？　それとも別の手で来るか？

アンとシャルが出発したと知った途端《とたん》に、ヒューの身支度を待つ時間すらもどかしくここへ踏みこんできたことから、彼の焦りがわかる。昨夕、ヒューが第一の天守に赴いたことも耳に入っているだろうし、二年も前から彼等と親交があったことも、コレットは知っているはずだ。ヒューならば、二人の動きを知っていたはずだと勘《かん》ぐったのも無理はない。

しかしヒューが知っているのは、シャルの手紙がキースの手に渡ったということだけだ。しかしそれによりキースに辿《たど》り着く。キースがなにか知っていないとも限らない。

最初の砂糖林檎の木がどこにあるのか知ることができるならば、ヒューも歓迎《かんげい》する。コレット公爵の思惑《おもわく》につきあってもいい。だがシャルの様子やルルの謎《なぞ》めいた物言いからすると、最初の砂糖林檎の木が、簡単に人間の手に届く場所にあるとは思えない。下手を打てば、結局永久に最初の銀砂糖が手に入らない可能性もある。

ここは妖精王たるシャルに全《すべ》てをゆだねるのが、砂糖菓子にとって最善の選択《せんたく》だ。

身構えつつ、しばし視線が絡《から》み合う。しばらくするとコレット公爵は、ふっと息をついて視線をそらした。

「成功率は落ちるが、張った網《あみ》に期待するしかないですか」

「なんと仰《おっしゃ》いましたか？」

「なにも。あなたがなにも知らないのならば、よろしいです」

意外にあっさり引き下がると、コレット公爵はひとつ息をついて口調を改めた。

「国王陛下から今日、正式な王命が砂糖菓子職人全てに下ります。今年の砂糖菓子品評会は中止し、銀砂糖子爵の指示で国の未来に幸運をもたらす砂糖菓子を作れと。これはあなたの進言によるものだと聞いています」

「はい」

「あなたは陛下の命にしたがい、銀砂糖子爵としての仕事をまっとうしなさい。そして、眠る

かった。

　それだけ命じると、コレット公爵はきびすを返した。サリムが扉《とびら》を開けて公爵を通して頭をさげ、ヒューも立ちあがってそれを見送ったが、さすがにシーツ一枚では部屋からは出られなかった。

　扉を閉めると、サリムが申し訳なさそうに言う。

「すみません、子爵。待っていただくようにお願いしたのですが、強引《ごういん》に」

「いいさ、うら若き乙女《おとめ》じゃあるまいし、尻ぐらい見せてやる。しかし解《げ》せんな……。あれだけ焦って俺を問い詰《つ》めに来たわりには、あっさり引き下がった。アンとシャルを追う算段が、別にあるのかもしれんな。網と言っていたが」

「あの二人は大丈夫《だいじょうぶ》でしょうか？」

　心配げに、わずかにサリムの眉根《まゆね》が寄った。

「わからんが、俺の力がおよばないことだ。俺は、俺のできることをするしかない」

　シーツを羽織ったまま窓辺に行くとカーテンを開く。

　──王命が下る。

　明るい朝の日射《ひざ》しを浴びながら、ヒューは苦笑した。

　──まったく、なんて巡《めぐ》り合わせの時に銀砂糖子爵なんかやっているんだ、俺は。

　砂糖菓子を愛し、守ろうとする自分を試《ため》すかのように、驚くような現実が次々と迫《せま》ってくる。

だがこの時に自分が銀砂糖子爵でいられることは、ある意味幸運だ。傍観《ぼうかん》するだけではなく、自分は力の限りに動くことができるのだから。力を欲《ほっ》した自分が、今、その力を最大限に発揮するべき時ではないのか。

昨夜のうちに、方々へ送る書面の準備を整えていた。夜が明けるのと同時にそれらは、マーキュリー、ラドクリフ、ペイジの三大派閥《はばつ》の本工房《こうぼう》と、ホリーリーフ城、そしてシルバーウェストル城へ送られたはずだ。

命令に従い、現在シルバーウェストル城に滞在《たいざい》している各派閥の長《おさ》と長代理は、自派閥の銀砂糖と職人を、ルイストンへ送る手はずを整える指示を出すはず。そしてその後、彼ら自身もルイストンへ飛んでくるだろう。もちろん、キャットもノアも、ミスリルも、駆《か》けつけるはず。

手紙に詳細《しょうさい》に書かれた現状とそれにともなう指示とを、彼等は的確に理解し対応する。だが事の次第《しだい》を、直接ヒューに問いただしたくて仕方がないはずだ。「これは、事実なのか。正気の沙汰《さた》なのか」と。

彼等がいち早く駆けつけてくれることは、ありがたい。ヒュー一人では手に余る仕事の量だ。

──奴《やつ》らが到着《とうちゃく》する前に、職人の受け入れ先と、銀砂糖の保管場所を確保する必要がある。あとは、砂糖菓子を作るための、下準備だ。これがかなりの手間だが……。奴らが到着するまでに、終わらせておかなければならない。職人たちが到着次第、仕事にかかれるように。

アンはヒューに、何をどうやって作るのかと目を輝《かがや》かせて質問した。あの時から、ヒューの中には、作るべきものの理想の形が見えていた。

窓に背を向けた。

――なんとしても砂糖菓子を守る。そして、それを作り出す全ての職人たちも。砂糖菓子をこの王国から消しはしない。そのために俺は、大きな幸福を招く。ハイランド王国全土の銀砂糖、そして職人たち。全てを王都に集《つど》わせる。


キースが揃《そろ》えてくれた旅支度《たびじたく》の中には、食料と一緒《いっしょ》に毛布やケープなども上手にまとめて入れてあった。夜が明けるとシャルはいったん馬を止め、ケープを身につけて羽をその下に隠《かく》した。そしてまたすぐに馬を走らせ、ウェルノーム街道《かいどう》を北上した。そして日が暮れる頃《ころ》には王都ルイストンを擁《よう》するハリントン州と、ビルセス山脈を抱《かか》えるギルム州との州境まで来ていた。

馬車で向かえば、ビルセス山脈までは八日ばかりかかる道程《みちのり》だった。しかし馬を乗りつぶす覚悟《かくご》で走り続ければ、五日程度で到着出来るはずだった。そしてアンの予測どおり、四日目にはギルム州の州都ノーザンブローを通過し、ビルセス山脈の懐《ふところ》に入り込んでいた。

四日目の夕暮れが迫る頃、荒涼《こうりょう》とした岩場が広がる場所を馬は進んでいた。この四日の強行軍で、馬の体力もつきかけているらしく、歩幅《ほはば》が小さく歩みは鈍《にぶ》い。

アンは馬の息の荒《あら》さに気がついて、もはやこの馬に乗っているのも限界だと感じた。

「ねぇ、シャル。わたし馬を下りて歩く。この子、こんな調子じゃ、明日は歩けなくなるもの。わたしだけでも下りたら楽になるし」

「俺も歩こう」

シャルは手綱《たづな》を引いて馬を止めると、先に自分が下り、それからアンに手を貸して馬から下ろしてくれた。そして馬の轡《くつわ》を引いて歩き出す。

ルイストンを出発してから二日間ほど、シャルはほとんど休みを取らなかったし、馬も、限界ぎりぎりの速さで走らせていた。おそらく彼は、何者かが二人を追跡してくることを警戒《けいかい》していたのだ。

だが幸いにも追跡者らしき怪《あや》しい気配はなく、シャルは昨日からすこし緊張《きんちょう》がやわらいだようだ。馬を下りゆっくりと歩くことを了承《りょうしょう》してくれたのも、その表れだろう。

暮れかかる空を見あげ、アンは身震《みぶる》いした。さすがにここまで北上してくると、日射しがなくなった途端《とたん》に急激に冷え込む。秋の深まりを肌《はだ》で感じる。

「今夜、どこで寝るの？」

この四日間、自分たちの痕跡《こんせき》を残すことを極端《きょくたん》に嫌《きら》ってずっと野宿をしていたから、今夜もそうだろう。しかしこう寒くては、野宿をするにしても場所を選ばなければならない。

「あそこで寝る」

そう言ってシャルが指さした先には、以前の旅でも泊《と》まった、セントハイド城があった。

シャルが生まれて十五年間、リズとともに過ごした城だ。そこでアンたちは前回の旅の時、ラファルとエリルに遭遇《そうぐう》し、彼等とともに最初の砂糖林檎《りんご》の木を探すことになったのだから、因縁《いんねん》深い場所ではあった。そんな場所に向かうのは正直あまり嬉《うれ》しくなかったが、この寒さでは風を避《よ》けられる建物の中で眠《ねむ》れるのはありがたい。

しかしセントハイド城に近づくと、シャルが急に足を止めた。

「どうしたの？」

立ち止まったシャルは、目前に迫ったセントハイド城を睨《にら》みつけていた。その視線の先を追うと、崩《くず》れかけた城門脇《わき》に、獣脂《じゅうし》を塗《ぬ》った大布が、城壁《じょうへき》に沿って雨よけのように斜《なな》めに張られていた。布の下には石を拾い集めて作った竈《かまど》があり、鍋《なべ》なども転がっている。何者かがそこに陣取《じんど》り、暮らしているような様子だった。装備からすると、一、二週間程度そこを根城にしているのだろう。

城の背後に沈《しず》む夕日のまぶしさに目を細め手をかざすと、城門脇に二人、狩人《かりゅうど》ふうの身なりをした男の姿があった。アンはぎくりとした。

「シャル。あの人たち、妖精《ようせい》狩人？」

「わからん。だが用心に越《こ》したことはない、自然に道を逸《そ》れて、城から離《はな》れる」

二人の男たちがこちらを見ている気がしたが、幸いなことにシャルの羽はケープの下に隠してある。そのまま馬の轡を引いて、ゆっくりと道を逸れてセントハイド城の北側を回りこむ道を取った。

セントハイド城を離れ、左右に岩が迫った隘路《あいろ》を抜《ぬ》けると、まばらな林に出た。その林の奥に崖《がけ》があり、ちょうど身を寄せ合えるような浅い窪《くぼ》みがあった。そこで今夜は休むことに決めてようやく立ち止まった。

すっかり日も暮れて、風は一層冷たい。だが用心のために、火をおこすことはしなかった。

先刻、セントハイド城で遭遇した男たちのことが気になっていたからだ。

男たちは、ある程度長期間あの場所で寝起《ねお》きしている様子がうかがえた。ということは、シャルとアンを追って来た連中ではないだろうが、たちの悪い妖精狩人だった場合は厄介《やっかい》だ。シャルが羽を隠していたことは幸いだったが、たちの悪い妖精狩人というのは、盗賊《とうぞく》に早変わりしたりもする。

乾燥《かんそう》果物と乾燥肉、そして水だけという質素な食事を取ると、あとはもう休むことしかできない。月は徐々《じょじょ》に痩《や》せてきており、その光は頼《たよ》りなく、林の木々の枝が黒くそよぐ様が分かる程度だ。

膝《ひざ》を抱えて毛布にくるまったが、ときおり体の芯《しん》から震《ふる》えが起こった。

「寒いか？」

気遣《きづか》わしげに訊《き》くと、隣《となり》に座るシャルの手がそっと毛布の上からアンの腰《こし》を抱《だ》く。妖精は寒さを感じないのに、そうやって気遣ってくれるのが嬉しい。

「ちょっとだけ。でも冬に比べたら、なんてことない」

言いながらも、足先がひどく冷たかった。ここ数日の疲労《ひろう》と、ろくな食事を取っていないせいで体力が落ちているのかもしれない。

「もうすぐ、あの砂糖林檎の林に到着するよね？」

訊くと、シャルはふと遠い目をした。

「おそらく、明日には到着出来るはずだ」

またアンの体が、意識せずに震えた。そこでようやくアンは、自分の震えが寒さのせいばかりではないと気がつく。怖《こわ》いのだ。最初の砂糖林檎の木がある場所に行けば、ラファルがいる。アンが生きていると知ったラファルは、どうするだろうか。そしてそれに対峙《たいじ》するシャルは、いったいどうなるのか。

けれどアンは、怯《おび》えてばかりいてはいけないのだ。ルルに弟子《でし》と認められ、銀砂糖子爵《ししやく》に命じられ、職人たちと妖精たちの未来を託《たく》されている。だから明日なにが起ころうとも、立ち向かわなくてはいけない。

シャルだって同じだ。妖精王の意志統一をすることは、妖精たちの未来を明るい方向へ導く筋道をつけることなのだ。彼もなにがあろうとも、戦う覚悟があるだろう。

全《すべ》ては、明日。

——こんな静かな夜は、今夜限りかもしれない。

ふとそんなことを思ったが、その自分の弱気が嫌だった。しかし、

「どうしたらいいの？　明日到着したら」

問いながらも、無意識に脇腹《わきばら》を押さえていた。ラファルの剣《けん》に貫《つらぬ》かれた場所が、うずく。

「まず、ラファルを滅《ほろ》ぼす」

当然のように淡々《たんたん》と答えたシャルの声は、真冬の山脈から吹《ふ》き下ろしてくる風のように冷たい。

「殺すの？」

「奴の説得は不可能だ。エリルとは話をする。それからおまえは、銀砂糖を精製しろ」

アンに向けられたラファルの怒《いか》りは、人間そのものに向けられた怒りだった。あれほどの怒りと憎《にく》しみを抱《かか》えている妖精が、人間と共存はできないだろう。

兄弟石の妖精にすらそんな覚悟を持って対峙しなくてはならない、シャルの立場が哀《かな》しかった。しかも彼の命である片羽は、エドモンド二世の手にゆだねられている。なぜ彼ばかりがこんなことを引き受けなくてはならないのだろうかと、それを思うと胸が痛む。

「明日からは、なにがあるか。俺にも予測が出来ない」

頼りない月の光を慕《した》うように見つめる横顔には、強い覚悟と同時に不安が漂《ただよ》っている。シャ

ルもまたアンと同じく、こんな静かな夜は今夜限りで、明日の夜、こうやってともにいられないかもしれないと、様々な可能性に思いを巡《めぐ》らしているのだろう。

「俺は今、なにひとつ確かな約束が出来ない」

正直な言葉が、逆に嬉しかった。彼は安易な安心感を与《あた》えようとはせず、すべての危険も不確かさもさらけ出した上で、それでもアンをこの場所に伴《ともな》っていてくれるのだ。

「わたしも確かな約束とか、できない。でも約束出来ること、ひとつあるから」

独り言で呟《つぶや》くと、不思議そうに小首を傾《かし》げてシャルが訊く。

「なんだ？」

「え？」

答えることに、一瞬《いっしゅん》ためらってしまう。照れが先立ちそうになるが、明日、なにがあるかわからない。今この時、伝えておかなければ後悔《こうかい》してしまう言葉かもしれない。自分の思いは知って欲しい。だから視線をそらしつつも、ぼそぼそと呟く。

「明日からなにがあっても、どんなことになっても。……わたしはずっと、シャルが好き」

視線をそらして俯《うつむ》いていたので、彼がどんな表情になったかはわからなかった。すこしの間の後、シャルが立ちあがった。

崖を被《おお》うように、様々な草がはびこっていたのだが、シャルはその雑草に手を伸《の》ばし、器用に蔓《つる》や葉をちぎり取り始めた。

なにをするつもりかと彼の背中を見つめていると、彼は両掌《りょうてのひら》に草の蔓と、赤や朱《しゅ》、紫《むらさき》、青の小さな草の実を一杯《いっぱい》にして、アンの隣に腰を下ろす。そして膝の上にそれらを広げると、器用に編み始めた。意外にも慣れた手つきなので、アンは目を丸くして身を乗り出す。

「シャル、草なんか編めるの？」

「リズが幼かった頃《ころ》に、散々やらされた。花冠《はなかんむり》や腕輪《うでわ》、籠《かご》。いろいろ作らされた。面倒《めんどう》でたまらなかったがな。面倒そうな顔をすると泣き出すから、結局やるしかなかった」

いきなりなぜ草など編み始めたのか理由はわからないが、アンの顔は自然とほころんだ。幼い女の子のために、シャルが身につけた意外な技術は、とても微笑《ほほえ》ましい。

「でも、いいよね。できることが一つでも多くなったんだから」

「そうだな。今はじめて、このことに関してリズに感謝した」

「感謝？　すごいね」

大げさだと思ってアンがくすくす笑っていると、編んでいたものが完成したのか、シャルはそれを軽く掌の中に握《にぎ》って片膝を立てた。膝に広げていた草の実がぱらぱらと地面に落ちたがかまわず、シャルはそのまま、笑っているアンの右手をそっと手に取った。

「なに？」

笑いをおさめてシャルを見やると、彼の真剣《しんけん》な黒い瞳《ひとみ》とぶつかる。いつものように吸い込まれそうなほど深い色で、シャルはアンを見つめていた。

「俺もおまえと同じことは、今、約束出来る。永久におまえを慈《いつく》しむ。俺の片羽をおまえに渡《わた》せば、確かな約束の証《あかし》になるかもしれないが、今、俺の手に羽はない。だからそのかわりに、約束の証をやる。おまえと違《ちが》って、俺が作れるのはこれだけだ」

そう言ってシャルは、掌に握っていたものを取り出し、アンの左手の薬指にはめてくれた。

それは麦粒《むぎつぶ》のように小さな、しかし丸くて艶々《つやつや》した、赤、朱、紫、青の、とりどりの色をした草の実をいっぱいに編み込んだ指輪だ。細かなビーズで編みあげた、異国の装飾《そうしょく》品のような華麗《かれい》さがあった。

跪《ひざまず》き、シャルは指輪をはめさせたアンの指に軽く口づけた。

指輪をはめてくれた指は、婚約《こんやく》指輪をはめる指だ。

「シャル！」

あまりの嬉《うれ》しさに、くるまっていた毛布から飛び出してシャルの胸に抱きついた。するとシャルも、アンの背を抱いてくれた。

——求婚《きゅうこん》されたみたい！

そこにはめる指輪の意味を、彼が知ってそうしてくれたのかどうか、わからない。けれどそんなことはどうでもよかった。精一杯《せいいっぱい》の証をくれた彼の気持ちが、本当に自分の側《そば》にあるのだと、薬指から心臓に直接響《ひび》く。

シャルの体は人間のように温かくはない。だが木の肌《はだ》のように、ほんのりとアンの温《ぬく》もりが伝わり、それを保ってくれる。抱《だ》き寄せられて強く感じる、彼の肌の、草木に似た爽《さわ》やかな香《かお》り。

「シャルの羽は、シャルのもの。証明のために、もらおうなんて思わない。この指輪、素敵《すてき》。証なら、この指輪のほうがずっといい」

胸の中からわきあがる言葉を、彼の耳元で呟く。そして身じろぎすると、背に回したアンの手の甲《こう》に、シャルの羽が触《ふ》れた。ほのかに温かいその感触《かんしょく》が愛《いと》しくて、アンはそっと指を伸ばして羽に触れた。妖精《ようせい》たちの体は冷たいのに、羽と吐息《といき》だけが、その生命力を語るかのように温かみがある。そのほのかな温もりが、どうしようもなく愛しい。

羽に触れた途端《とたん》に、シャルの体がぴくりとしたので、アンは慌《あわ》てた。

「あっ、ごめん。つい」

シャルとの距離《きょり》が近づいたことで気が緩《ゆる》み、許しもなく、うっかり命そのものに触れる行為《こうい》をしてしまった。自分のうかつさが申し訳なかったが、シャルは首を振《ふ》る。

「触《さわ》りたければ、触れ」

「いいの？」

「前にも言ったはずだ。おまえなら、いつでも触れていい。それに……妖精は、恋人《こいびと》同士であれば互《たが》いの羽に触れることを当然許す」

恋人。その言葉が甘くて心地《ここち》よくて、幸せで胸が一杯になる。以前触れた時は、触れるのが申し訳ない気がして、どこか腰《こし》が引けていた。でも今は、ためらう必要はない。

指を伸ばしそっと羽に触れると、絹のようななめらかな指触りにぞくぞくした。触れた場所から、羽はさっと金色の温かみのある輝《かがや》きを増す。

シャルは微《かす》かに息を呑《の》み、気を散らすように肩《かた》で息をした。

綺麗《きれい》なシャルの羽が片方、誰《だれ》かの手に渡ってしまっていることが嫌《いや》だった。ここにない片羽の分も触れようとするかのように、アンは羽の上に指を何度も滑《すべ》らせて感触を確かめる。触れるだけでこれほど気持ちが落ち着くし、胸が満たされる。指先まで、満足感が満ちてくる。これが恋しあうことの幸福なのだと、実感する。

「……アン」

なにか堪《こら》えきれなくなったように、かすれた声でシャルが呼んだ。

「え？」

夢中で羽に触れていたので、いきなり視線がぐらりと揺《ゆ》れて夜空が目に飛びこんできたのにびっくりした。しかしすぐに、抱きすくめられ、毛布の上に押し倒《たお》されたのだと気がついた。

シャルが真上からアンの顔を覗《のぞ》きこんでいる。シャルの髪《かみ》や、肩先に、弱い月光が跳《は》ねて光っている。頼《たよ》りない明るさの中でも、シャルの黒い瞳はいつものように綺麗だった。

「シャル？　なに？」

真剣な目に気圧《けお》され、どうしたのだろうかと目を丸くする。

「知っているか？」

「なにを？」

「恋人同士が、なにをするのか」

「そ、それは……」

アンは頬《ほお》を赤らめた。この状況《じょうきょう》でアンが考えられることは一つだった。恥《は》ずかしさに目を泳がせながらも、なんとか大人の対応をするべく、答えた。

「……キス？」

シャルは数える気が失《う》せるほどに口づけすると宣言したのだから、この雰囲気《ふんいき》では当然だろうと思った。答えを口にするのは、まるでそれをねだっているようで恥ずかしさはいや増したが、アンは大人の対応で答えられたことに一瞬だけ満足した。しかし意外なことに、

「他《ほか》には？」

と、重ねてシャルが訊《き》く。

「え？　ほか？」

力一杯《ちからいっぱい》の努力で大人の対応をしたのに、それ以外と言われてもさっぱりわからない。

「……キス」

それ以外わからないから、とりあえず、間抜《まぬ》けだが同じことを繰《く》り返していた。

「他だ」

「キス？」

「だから」

「キス……以外？」

「………………空《むな》しくなってきた」

あきらかに力が抜《ぬ》けたシャルの様子に、はっとした。彼の言わんとしていることに、ようやく思い当たる。

――そうだ！　ベッドに入って抱き合って眠《ねむ》ってあれこれあるという、あれ!?

アンの知識では、こうやってシャルに抱きすくめられている以上のなにがあるのか、よく知らないものだから、それらは意識の外側に押しやられていた。だから『他』と問われても、『ベッド』とか『抱き合う』とか、せめてその程度のわかりやすさを示してくれないと、ぴんとこない。

「ご、ごめん！　今わかった！　だってヒントがないから。前、ルルと話をしてた時みたいに、ベッドに誘《さそ》えとか、そういう言い方をしてくれたら正解したかも」

「なんのクイズだ？　野宿にベッドはない。でも、よくわかった。おまえは何も知らない」

「知ってるもの！　恋人同士が何をどうするかなんて、聞いたことあるもの。同じベッドに入って、抱き合って眠って、色々あるって」

「知らないことの証明だ。眠って、色々ある？　眠りながら何をするんだ？　夢遊病か」

　そこまで突《つ》っこまれては、もはや言い張るのも限界だった。アンの知っていることなどごくわずかで、自分の子供っぽさを露呈《ろてい》するしかなく、アンはしゅんとしながら小さな声で答えた。

「……ごめんなさい。……知りません……」

「正直にそう言え」

　シャルはアンの額の髪をそっとかきあげて、そこに口づけした。

「知らなくていい。ゆっくりと、そのうち教えていく」

　そして次には、唇《くちびる》にシャルの唇が触れた。が、ふとなにか思い出したように彼は唇を離《はな》し、

「とりあえず、キスの時には目を閉じろ。それが礼儀《れいぎ》だ」

と、教えてくれた。それからまた、口づけを交《か》わした。アンは言われたとおりに目を閉じた。

　──いっぱい、教えて欲しいことがある。

　こんなに長くて深い口づけも、やっとすこし慣れてきた。

　体がふわふわと軽くなって、同時に熱くなるような心地よさを感じながら目を閉じて、アンはシャルの優《やさ》しさを思う。アンに呆《あき》れながらも、いつも辛抱強《しんぼうづよ》く待ってくれて、いたわってくれる。長い口づけが終わると、抱きしめてくれた。彼の胸に頰をすり寄せると、まるで安全で暖かい家のなかにいるように安心する。明日への不安を、シャルの腕《うで》の力強さが消してくれた。

　そのままシャルに抱きしめられて、アンは眠ることができた。愛らしい草の実の指輪をはめた指を自分の胸元《むなもと》に引き寄せると、シャルの心が自分の心に重なったような気がして、さらに

胸が温かかった。

翌日は、朝日が昇《のぼ》ると同時に目覚めた。

馬の疲労《ひろう》が激しかったので、これ以上乗り続けることはできないと判断したらしいシャルは、馬の轡《くつわ》を引きながら、アンとともに徒歩で、ビルセス山脈の懐《ふところ》へ入っていった。

昼を過ぎるころに、大地の亀裂《きれつ》のように走る、狭隘《きょうあい》な谷間《たにま》まで来た。そこは他の場所に比べて格段に木々が多く、しかも空気は湿《しめ》った水の香りを含《ふく》んでいる。見覚えのある場所に、アンは緊張《きんちょう》した。ここをずっと進んでいけば、砂糖林檎《りんご》の林があるはずなのだ。そして、そこに最初の砂糖林檎の木がある。

体の芯《しん》が、冷たい。それが恐怖《きょうふ》だと自覚していたから、アンは、自分の感情を抑《おさ》えこむためにシャルの手を握《にぎ》った。アンがいきなり強く手を握ってきたのに驚《おどろ》いたのか、シャルは意外そうな顔をしてアンを見返してきた。だが緊張した横顔を見て気持ちを察してくれたのか、強く、手を握り返してくれる。

恐怖のために、自分がどれほど無様になるかと想像したほど、アンは怯《おび》えていなかった。左手の薬指にある草の実の指輪が、アンの中に勇気を注いでくれていた。

自然と、歩みは慎重《しんちょう》になる。

──ラファルが、現れる？

砂糖林檎の甘い香《かお》りがかすかに漂《ただよ》ってくると、怯えるように鼓動《こどう》が速まる。

──それとも、エリルが姿を見せてくれる？

靴《くつ》の底に下草を踏《ふ》む感触《かんしょく》がやけにふわふわして足元がおぼつかない感じがするし、周囲の木々の梢《こずえ》を鳴らす風の音が、ひどく耳につく。

視界の先に、赤い色が見えた。砂糖林檎の銀灰色《ぎんかいしょく》の枝先に、赤い艶々《つやつや》した砂糖林檎の実が、太陽の光を受けて輝いている。

──砂糖林檎。綺麗な色。

一瞬《いっしゅん》だけ、ほっと気持ちが緩《ゆる》んだ瞬間だった。シャルがいきなりアンの手を強く引っ張り、自分の背後に隠《かく》すようにして前に立ちはだかった。轡《かん》を離《はな》された馬が、ぶるりと鼻を鳴らし、怯えたようにいなき馬首を廻《めぐ》らし、今来た方向に駆け戻《もど》る。

いきなり引っ張られた腕の痛みに顔をしかめつつ、何事かと周囲を見回す。

アンの目には、なにも異変は映らない。だがシャルは前方、砂糖林檎の林の方向へ視線を据《す》えて低く問う。

「そこにいる奴《やつ》ら、出てこい。いるのはわかっている」

右掌《みぎてのひら》を軽く開き、シャルがそこに意識を集中する。きらきらと、周囲の空間から光の粒《つぶ》が寄り集まり、輝く白銀《はくぎん》の剣《けん》の形になる。

細い銀灰色の木の枝が、あちらで、こちらで、ばらばらと揺《ゆ》れる。そして方々の木の陰《かげ》から姿を見せたのは、戦士妖精《ようせい》らしきがっちりとした体軀《たいく》の、いかにも戦い慣れたふうの妖精たちだった。三、四十人ばかりいるだろうか。彼等はそれぞれ手に剣や弓、斧《おの》を持ち、こちらを睨《ね》めつけ剣呑《けんのん》な表情だ。

「シャル……。なに、この人たち？」

「わからん。だが、ラファルとエリルと、無関係とは思えん」

妖精の一人が、唸《うな》るような低い声で訊く。

「何者だ。ここに、何をしに来た」

「こちらこそ、訊こう。おまえたちは何者だ？　ラファルかエリルの、配下か？」

その問いに、妖精たちが一斉《いっせい》に身構えた。

「なぜその方々の名を知っている⁉　貴様は、何者だ！」

シャルは、口元で皮肉に笑う。

「死にかけても、懲《こ》りないらしいな。仲間を集め、羽を握って配下として支配しているのか？　進歩がない」

「俺たちの羽は、俺たちの手にある」

妖精の答えに、シャルは眉《まゆ》をひそめた。

「おまえたちの手に？」

「おまえは何者だ。死にたくなければ、それ以上ここに近づくな」

「羽を返したか。支配の方法を変えたか。それは進歩だな」

あざけるように言ったシャルの上衣《うわぎ》の裾《すそ》を、アンはぎゅっと握りしめた。

「シャル。どうするの？」

「俺を信じるか？」

前方の妖精たちを視線で牽制《けんせい》しながら、シャルが背中越《ご》しに訊《き》く。なんのことかはわからなかったが、彼の言うことやることならば、なんでも信じられる。アンは頷《うなず》く。

「信じる」

「よし」

と言うと、シャルは右手に握っていた剣を振《ふ》って光に変えて消した。そしてそれが消えるか消えないかのうちに、ふり返ると身をかがめ、アンの背中と膝裏《ひざうら》に腕を差し入れて抱《だ》き上げた。

「シャル!?」

アンを横抱きにすると、シャルは右手の方向へ向けて駆け出した。妖精たちはどうしたものか、一瞬《いっしゅんと》戸惑《まど》ったようだったが、それでもシャルの後を追って駆け出した。

シャルは森の中をジグザグに走りながら、それでもじりじりと砂糖林檎の林の方向へ向かっていた。そして砂糖林檎の林の中へ突っこんだ。そこからは、真っ直《す》ぐ一直線に駆けた。

背後から、妖精たちが下草を蹴《け》散《ち》らしながら追ってくる足音が聞こえる。シャルは速度を一層速め、アンはシャルの首にしっかりとしがみついた。

シャルの息が、苦しげに荒《あら》くなる。アンを抱いたまま全力で走っているのだから、そうそう長い時間はもたないはずだ。シャルの首にしがみつきながら、アンはシャルの顔を見あげた。顎《あご》の辺りのきれいな曲線を見あげるが、彼は歯を食いしばっている。

「シャル！　わたし、走る！」

「必要ない。もう、近い」

シャルの視線を追って首を廻《こうべ》らせると、目の前に池の水面《みなも》が見えた。砂糖林檎の林の中にある、あの池だ。鏡のように凪《な》いだ水面に、地上には存在しない、大きな砂糖林檎の木が、銀灰色の枝を左右にのびのびと広げている姿が映っている。

「シャル⁉」

「信じろ」

ひときわ強く、シャルはアンの体を自分の体の方に引き寄せ、さらに走る速度を上げた。このままでは池の中に突《つ》っこんでしまう。

「シャル⁉」

驚き、怯え、アンはシャルの首に強くしがみつき彼の胸に顔を埋《うず》めた。シャルが囁《ささや》く。

「最初の砂糖林檎の木に向かうには、死を覚悟《かくご》しろと先人たちは書き残している。死を覚悟するとは、こういうことだろう」

ふわりと、体が宙に放《ほう》り出されたような感覚がした。そして次の瞬間、全身が水に沈《しず》んでいた。池に飛びこんだのだ。

――シャル！

声にならない叫《さけ》び声をあげながら、混乱して、より強くシャルにしがみついていた。息が苦しくて、水が恐怖そのものになって全身を包む。しかしその一瞬後、いきなり体がくるりと上下逆さに回転するような奇妙《きみょう》な感覚に襲《おそ》われ、押し寄せてくる水の感触が、真綿のように軽いものへと変化した。強く閉じた瞼《まぶた》の向こう側が、白く光った。

四章　消えればいい

王都ルイストンの城壁《じょうへき》内に馬車を乗り入れると、銀砂糖妖精見習いのノアの肩《かた》に乗っていた湖水の水滴《すいてき》の妖精ミスリル・リッド・ポッドは、上を見あげ、周囲を見回し、目を丸くした。

「なんだ、こりゃ。なんの工事だ？」

ノアもきょろきょろしているので、ミスリルの頭に、ぺしぺしと紫色《むらさきいろ》の髪《かみ》が当たる。

「おい、ノア！　髪が俺様に……」

「見てくださいヒングリーさん！　すごい。ずっと先まで、ほら！」

「どあっ！」

思わずだろう。ノアが立ちあがったので、その勢いでミスリルはノアの肩から転げ落ちた。馬車の荷台の縁《ふち》に跳《は》ね返り、あわや街路にはじき出されそうになったので、

「馬鹿野郎《ばかやろう》！　おっちょこちょい！」

キャットは罵声《ばせい》とともに小さな体を鷲掴《わしづか》みにして、危《あや》うく転落しそうなところを救った。とりあえず小さな妖精を助けられたのでほっとしたが、急に動いたせいで、頭の上に乗ってぐうぐう眠《ねむ》りこけていた妖精ベンジャミンが、ずるずると額のところまで滑《すべ》り落ちてきた。

「おい。ベンジャミン、てめぇ大概《たいがい》にしろ。前が見えねぇ」

文句を言うと彼は「う〜ん」と寝《ね》ぼけたような返事をして、キャットの髪の毛を束にして引っつかみ、のしのしとまた頭のてっぺんに這《は》い上がっていく。

握《にぎ》りしめている方の小さな妖精は、湖水の色の瞳《ひとみ》をくりくりさせて嬉《うれ》しそうに言う。

「助かった。キャット。ありがとうな。早業《はやわざ》だな。鼠《ねずみ》の捕獲《ほかく》で訓練されてんだな、さすがだ！」

「俺は素手《すで》で鼠を捕《つか》まえたことなんかねぇ！」

怒鳴《どな》りながらも、それでもミスリルを荷台の床面《ゆかめん》に降ろしてやった。するとミスリルが、なぜか感動したようにキャットを見あげる。

「な、なんていい奴なんだ！　おまえ！　これがシャル・フェン・シャルだったら、確実に俺様を床に投げつけてるぞ！　ベンジャミンを養ってる間抜《まぬ》けさは、伊達《だて》じゃないな！」

「てめぇ、それで褒《ほ》めてると思ってんのかよ」

呻《うめ》いていると、

「ありがとうございます、ヒングリーさん。ごめんね。ミスリル・リッド・ポッド」

ノアが小さくなって謝る。ミスリルやシャルと違《ちが》って、何事にも一生懸命《いっしょうけんめい》で健気《けなげ》なノアに、キャットは気にするなと手を振った。ノアがいてくれて、本当に良かったと思う。キャットの周囲にいる妖精《ようせい》が、ベンジャミンとミスリルとシャルだけだったら、妖精は寝てばかりいる呑《のん》気《き》者の上、いちいち頭に来ることしか喋《しゃべ》らない生き物だと認定《にんてい》していたかも知れない。

「にしても、まあ。なんなんだ、これは」

首を廻《めぐ》らせて、キャットは周囲の様子を改めて見やる。

荷馬車の荷台に乗っているのは、キャットとベンジャミン。ノアとミスリル。そしてラドクリフ工房《こうぼう》派長《おさ》のマーカス・ラドクリフと、職人のステラ・ノックスだ。

ペイジ工房派長代理のエリオット・ペイジが御者台《ぎょしゃだい》に座って馬を操《あやつ》り、その隣《となり》に、マーキュリー工房派の長代理、ジョン・キレーンが座っていた。

彼等全員、街の様子に目を白黒させている。

ルイストンの城壁を入ると、そこから真っ直ぐ街路が続いている。これは北上するにつれて幅広《はばひろ》くなり、凱旋《がいせん》通りと名づけられた街路となる。城壁と王城をつなぐ街路だ。城壁と王城の中間地点で、路《みち》は木の節のように円く膨《ふく》れ、広場を形成する。そしてそこからさらに道幅を広くして、王城の正面広場へと続く。

その凱旋通りの左右には、煉瓦《れんが》造りの家々が密集しているのだが、街路を挟《はさ》んだ家と家の屋根を繋《つな》ぐようにして、獣脂《じゅうし》を塗《ぬ》り込んだ布が広げられているのだ。それは広場の手前からはじまり、街路の上に延々、天幕が張られたような寸法。街路の上に空は見えない。ただ布越《ご》しに降る太陽光が、ほの明るく街路に落ちているのみ。街路を被《おお》う天幕は、北上を続けても尚《なお》続き、どうやら王城前の広場まで続いている。

しかも家の戸口や壁《かべ》にも布が張り廻らされ、白い布の隧道《すいどう》のようだ。荷馬車はその隧道の中を、延々進んでいた。

人々はまばらに歩いてはいるが、皆《みな》、もの珍《めずら》しそうに上を見あげ、左右を見回している。布を廻らされた家の住人は、裏口からの出入りを余儀《よぎ》なくされているだろう。

「こんな仕立ては、見たことねぇ」

キャットはルイストンの生まれだ。マーキュリー工房派の本工房で修業《しゅぎょう》した八年間はウェストルに住んでいたが、職人として独立してからは再びルイストンに店を構え、去年、南の街サウスセントに引っ越《こ》すまでここにいた。ルイストンの事ならばたいがい知っている。

しかしその彼にしても、この異様な仕立てははじめて目にする。

城壁や街路の修復工事ならば時々あることだが、それらは街の人々の生活を妨《さまた》げないように、小規模な工事を繰《く》り返すやり方を取っている。

この仕立てでは、街の人の生活の大きな妨げになる。しかも廻らされている布は工事用のものとは思えない。使い古されたものは一枚もなく、シミも汚《よご》れもほとんどない。

――これはまるで、砂糖菓子《がし》の保護布じゃねぇか。

大きな砂糖菓子を作り置きしたり、運搬《うんぱん》するとき使われる布によく似ている。水気を弾《はじ》くように獣脂が塗られているが、布そのものは柔《やわ》らかくて作品を傷つけない。

手綱《たづな》を握っていたエリオットが、右側の一点を指さす。

「なんのためかはわからないけど、ほら、見てみなよ。これが銀砂糖子爵《ししゃく》の指示なのは、間違《まちが》いなさそうだよね」

キャットも、そして荷馬車に乗っていた全員の視線も、エリオットの指さした方向を向く。

視線の先には、廻らされた布を支えるための柱が立っており、そこに、銀砂糖子爵の紋《もん》が刺《し》繍《しゅう》された布が釘《くぎ》で打ち付けてあった。

堤防《ていぼう》の工事や、城壁の修復、街道《かいどう》の整備など。それらを国王から命じられ、請《う》け負った貴族の紋章が現場に示されるのは慣例だ。そこに銀砂糖子爵の紋章があるということは、街路を布で被うような奇妙な仕立ては、銀砂糖子爵によってなされているということだ。

シルバーウェストル城に滞在《たいざい》していた職人たちが、銀砂糖子爵ヒュー・マーキュリーからの書簡を受け取ったのは、四日前だ。

受け取った書簡には、最初の銀砂糖を手に入れるあてがあり、そのためにアンとシャルが旅に出たとあった。彼等が最初の銀砂糖を手に入れれば、砂糖菓子は存続出来る、と。なので彼等の成功を祈《いの》り、国王は、大規模な砂糖菓子の制作を命じたとしたためてあった。

今年の砂糖菓子品評会は、銀砂糖が精製出来ない現状では開催《かいさい》不可能だ。その代わりの措置《そち》としての、国王の命令だという。

各派閥《はばつ》の長と長代理たちは、銀砂糖子爵の指示に従い、各派閥へ急ぎ連絡《れんらく》を入れ、職人頭《がしら》に、職人と銀砂糖をルイストンへ集結させる手はずを整えた。本来ならば、彼等自身が工房に帰って指揮を執《と》るべきなのだろうが、三人の長と長代理は、仕事を一切《いっさい》職人頭へ託《たく》し、自らはすぐにルイストンへ向けて出発したのだ。

銀砂糖子爵の指示が前代未聞《みもん》だったので、とにかく直接説明を受けたいというのが長と長代理たちの意見だった。

キャットもノアも、ステラも、彼等と同じだった。

そもそも最初の銀砂糖を手に入れるあてがある、というのが信じられない。そしてそれを求めに行くのに、なぜアンとシャルだけが旅に出たのか。砂糖菓子の行く末を決める大事に、なぜ銀砂糖子爵が同行していないのか。

職人たちは不可解さを感じながらも命じられた指示に従い、今やっと、銀砂糖子爵の別邸《べってい》を目指しているのだ。

ただ一人、ミスリル・リッド・ポッドだけは、ヒューの手紙を読んだ後から妙《みょう》におとなしかった。神妙に、黙々《もくもく》と、職人たちの手伝いをしていた。その様子を気にして、キャットやベンジャミンが何度か声をかけたが、ミスリルは「なんでもない」と答えるのみだった。

——あのボケなす野郎《やろう》は、なにをやろうとしてんだ？

白い隧道を抜《ぬ》けながら、キャットは苛々《いらいら》と指の爪《つめ》を嚙《か》む。すると頭のてっぺんの髪《かみ》の毛をつんつんと引っ張られる。

「駄目《だめ》だよぉ、キャット。爪嚙んだら、指先痛めるよ〜」

ベンジャミンが、額の上から顔を出す。

「知ってる！」

唇《くちびる》から爪を離《はな》すと、ちっと舌打ちする。するとベンジャミンが、ほわほわと言う。

「慌《あわ》てない慌てない～。もうすぐ子爵には会えるんだしねぇ。ほら、見えてきたよ～」

キャットの考えていることを見透《みす》かしたように言いながら、ベンジャミンが前方を指さす。

銀砂糖子爵別邸の正面玄関《げんかん》が見えていた。

銀砂糖子爵別邸に到着《とうちゃく》すると、職人たちはすぐに、客間に通された。ヒューの事だからまたもったいつけて遅《おく》れてくるかと思いきや、彼はすぐに姿を現した。

「予想よりも早く来たな。上出来だ」

部屋に入ってくると、職人たちを見回してヒューは笑顔《えがお》を見せる。あの手紙で指示を受けた職人たちがどう動くか、まるで予測していたかのような言葉と表情だ。いいように操られている感じがして、キャットは彼のそういう態度が昔からいけ好かない。

ヒューは小脇《こわき》に抱《かか》えていた書類の束を、客間の中央にあるローテーブルに投げ出し、口の端《はし》をさらに面白《おもしろ》そうにつりあげる。

「そろいもそろって、なにか言いたそうな顔をしているな」

「なにか言わなきゃならねぇのは、てめぇの方だ」

扉《とびら》近くの壁にもたれていたキャットは、鋭《するど》い猫目《ねこめ》でヒューを睨《ね》めつける。

「あの手紙の意味はなんだ？　最初の銀砂糖を手に入れるあてってのは、なんだよ。しかもそんなあてがあるのに、なんでてめぇは、あの二人と一緒《いっしょ》に行ってねぇ？　なんでこんなところにいるんだ」

「全員、手紙を読んだな？　そこに書いたとおりだ。今年の銀砂糖が精製出来ない原因は、おまえたちが達した結論どおり。去年の銀砂糖が最初の銀砂糖としての力を失っているからだ。最初の銀砂糖となる銀砂糖がない今、本来なら永久に、銀砂糖は精製出来ない」

「でもアンとシャルは、最初の銀砂糖となる銀砂糖を、手に入れることができる。それには危険が伴《ともな》う。そう書いてありましたよね子爵。そこが俺たちには、よく分からないんですがね」

エリオット・ペイジが、愛嬌《あいきょう》のある垂れ目に困惑《こんわく》の表情を浮《う》かべて問う。本当にアンとシャルが、そんなものを手に入れられるのかと、そもそもそこが疑問なのだろう。

「妖精たちが隠《かく》し続けている、最初の砂糖林檎《りんご》の木というものが存在するらしい」

ヒューが「妖精たちが隠し続けている」と言ったので、全員の視線がノアと、その肩《かた》に乗るミスリルに集中する。ノアは焦《あせ》ったように、ぷるぷると首を振《ふ》った。

「し、知りません！　僕そんなの」

肩に乗っていた、湖水の水滴《すいてき》の妖精《ようせい》も目を見開くが、その表情はノアとすこし違《ちが》った。どことなくばつが悪そうに、皆の視線を避《さ》けるようにノアの髪に隠れる。

「知っているのはシャルだけだ。彼だけが、その木がある場所を知っている。その砂糖林檎の木から収穫《しゅうかく》した実で銀砂糖を精製すれば、それが最初の銀砂糖となる。だから彼は最初の銀砂糖を手に入れるために、アンとともに出発した。だがそれを持ち帰るのは、容易ではないらしい。そこで国王陛下が彼等の成功を祈り、砂糖菓子を作れと命令を下した。そういうことだ」

ざっと説明を終えると、だらりと椅子《いす》に腰掛《こしか》けて、自らの指にある華奢《きやしや》な指輪をいじっていたステラ・ノックスが、胡散臭《うさんくさ》げに問い返す。

「それだけじゃないんでしょう？　銀砂糖子爵」

「どういうことだ？」

「国王陛下が、全土の銀砂糖と職人を使って砂糖菓子を作れという命令を出すなんて、今までないことですよね。そんな命令、砂糖菓子の存続のためだけに出しますかね？　ほかにもっと大きな目的が隠されているから、陛下はそんな命令を出したんじゃないですか？　違います？」

怠《だる》そうな目をした顔色の悪い青年職人は、さすがに国教会独立学校の卒業生だけあり、なかなか聡《さと》い。しかしヒューはわずかに目を細めただけで、答える気はなさそうだった。その対応にステラは眉《まゆ》をひそめるが、意外にもマーカス・ラドクリフが、自分の配下である彼をじろりと睨《にら》む。

「だからなんだというのだ、ノックス」

「なんだということはないですけどね、そう思ったから訊《き》いただけですよ」

「なにが隠されていようが、砂糖菓子が消えずに残る可能性がある。それが確かなら、かまわん。要は、砂糖菓子だ」

マーカスは老練の職人らしく、頑固《がんこ》に言い切った。しかしそれには、マーキュリー工房《こうぼう》派長《おさ》代理のキレーンも、片眼鏡《かためがね》の位置をきっちりと直しながら頷《うなず》く。

「ええ、砂糖菓子を存続させるための希望があったということの方が大切です。そのために国王陛下が祈りの砂糖菓子を作れというのは、職人にはありがたい話です。なにが隠されていようとも」

「で、その祈りのために俺たちは何をするべきですかね？　子爵」

続けて、エリオットが問う。

マーカス・ラドクリフ、ジョン・キレーン、エリオット・ペイジ。三人が長や長代理となったのは、伊達《だて》ではない。彼等は工房が存続するために最も大切なことをいち早く理解し、そのための行動を選ぼうとする。ご託を並べる前に、やるべきことを知り、動く。

マーカスは頑固な爺《じじい》で、キレーンは澄《す》ました気取り屋で、エリオットはふざけた男だ。しかし三人は己《おのれ》のやるべきことを知っているという点で、キャットは彼等を評価している。派閥《はばつ》と工房を存続させるのに最も大切なのは、砂糖菓子が消滅《しょうめつ》しないこと。唯一《ゆいいつ》、それだけ。派閥組織を嫌《きら》っているキャットだったが、今回ばかりは、派閥の長と長代理と目的は同じだ。

「ラドクリフ殿《どの》と、キレーン、ペイジは、それぞれ自分の派閥配下に指示を出したな？　銀砂糖と職人をルイストンに集めろと」

ヒューが確認《かくにん》すると、三人は頷き、あるいは軽く手をあげ、子爵《ししゃく》の指示に従ったことを示す。

「ラドクリフ殿。集められる銀砂糖はどのくらいか、見当はつくか？　集まる職人の数は？　どのくらいでルイストンに集まる」

「銀砂糖は、おそらく大樽《おおだる》で三十樽ほどだろう。職人は、だいたい百五十人。ラドクリフ工房派はルイストンに近い場所に多いからな、明日には職人も銀砂糖もそろう」

「ラドクリフ工房に、職人は全員収容出来るか？」

「おそらく可能だ」

「よし」

ヒューは、キレーンに目を移した。

「マーキュリー工房派は、俺の経験でいけば銀砂糖は大樽で、四十樽程度か。職人が、二百人強。集合に三日程度。違うか？」

「仰《おっしゃ》るとおりです、子爵。職人たちが寝泊《ねと》まりする場所はどうされますか？」

「この別邸を開放する。あと街中の空き家も幾《いく》つか借りられるように手配したから、そこへ分散させる。これが借りた家をまとめた書類だ。職人たちが来たら振り分けられるように、目を通しておけ」

マーキュリー工房派の長も兼任《けんにん》するヒューは、さすがに自派閥のことに関してよくわかっているらしい。持参した書類の中から二、三枚の書類を選び出すと、キレーンに放《ほう》ってよこす。

そして続けてヒューは、エリオットに目を向ける。

「ペイジ工房派はどうだ」

「銀砂糖は、よく集まって大樽、二十樽。職人は、六十人弱ですかね。集合には、四日」

「その人数なら、ペイジ工房派の職人はホリーリーフ城に収容出来る」

次々と、段取りをすすめていくヒューを、キャットは苛々《いらいら》して見ていた。彼は大切なことを、まったく語っていない。

「各派閥とも、集めた銀砂糖は聖ルイストンベル教会に運び入れるように手配だ。職人たちを統率《とうそつ》するのは、職人頭《がしら》と決めろ。ラドクリフ工房派とマーキュリー工房派は、職人の数が多いからな。職人頭の配下に、数人の補佐《ほさ》を付けてやることを忘れるな。それから」

「おいっ！　ちょっと待てっ」

我慢《がまん》の限界に達してキャットが声をあげると、ヒューは手を振ってその声を遮《さえぎ》る。

「邪魔《じゃま》するなキャット。次は、おまえさんへの指示だ。ホリーリーフ城の妖精たちのとりまとめは、キースに任せる。キャットは俺の補佐につけ。各派閥やホリーリーフ城の連中に指示を出すために……」

「待てって言ってんだろうがっ！　てめぇは、一番大切なことを説明していないじゃねぇか！　そんなんで、命令だけすんじゃねぇ！」

「なんのことだ？」

本当にキャットの言わんとしていることがわからないらしく、ヒューが眉根《まゆね》を寄せる。キャ

ットは壁《かべ》から背を離し、つかつかと窓辺によると、窓を開けて外を指さした。

「これの説明をしやがれ！　てめぇ、何をするつもりだ⁉　何を作るつもりなんだ⁉」

キャットの指先にあるのは、ゆるい風にはためく布だ。この銀砂糖子爵別邸《べってい》も凱旋《がいせん》通りに面しているので、白い布に外壁《がいへき》を被《おお》われ、建物の前の通りは、天幕を張ってあるのだ。

「そもそも、俺たちは何を作るんだ⁉　それがわからなきゃ、行き先もわからず走り出せと言われてるようなもんだ！」

言われて、ヒューはようやく気がついたように、部屋の中にいる職人たちを見回した。

「ああ、悪いな。気が急《せ》いて説明していなかったか」

ふっと笑って、彼は告げた。

「国王陛下の命令に従って、砂糖菓子《がし》を作る。聖ルイストンベル教会にもおさまりきらないほどの規模でやるつもりだ。時代には大きな流れがある。今、それを変えようとしている時だ。だから、その流れを砂糖菓子で導くように、時代の流れを作る。過去と現在と未来へ」

彼の言葉は確信に満ち、迷いはなかった。自らの望む形が、この時に最も必要な形だと信じているようだ。ローテーブルの上に投げ出してあった書類の束から、ヒューは十枚ほどの書類を抜《ぬ》き出し、職人たちに向かって差し出した。

キャットも職人たちもヒューの周囲に集まり、書類を一斉《いっせい》に覗《のぞ》きこむ。

「こりゃ……」

キャットは、絶句した。それぞれの職人たちは軽く呻《うめ》き、あるいは感嘆《かんたん》の声を漏《も》らす。

──見たことねぇ……。

二の句が継《つ》げない職人たちに、ヒューが静かに、しかし期待をこめて問う。

「これを見て、おまえたちならばどう作る？」

問われると職人たちの表情が引き締《し》まり、同時に瞳《ひとみ》に興奮の輝《かがや》きが宿った。体の芯《しん》に興奮がわきあがってくるのを、キャットも感じていた。

軽い衝撃《しょうげき》がシャルの腕《うで》から伝わり、アンは、彼がどこかへ着地したのだとわかった。

──着地!?

アンはシャルに抱《だ》かれて池に飛びこんだのだ。押し寄せてくる水の圧力と息苦しさに恐怖《きょうふ》を感じたのも、夢ではない。だが今は周囲に押し寄せる水はなく、呼吸もできる。

目を開くと、空を見あげるシャルの顎先《あごさき》が目の前にあった。彼の視線に促《うなが》されるように同じ方向を見ると、彼が見あげているのは厳密には空ではなかった。色は青く、薄《うす》い雲が白く流れている。確かに空には違《ちが》いないのだが、まるで水底《みなそこ》から空を見あげたかのように、空全体がゆらゆらと揺《ゆ》れ、その揺らめきには、光の波紋《はもん》がまといついていた。

アンがぽかんとしていると、シャルがアンを見おろす。

「大丈夫《だいじょうぶ》か？」

「うん、平気。でもシャル、ここは……」

シャルの腕から下りると、アンの足が踏《ふ》んだのは青々とした下草だった。けれどあまりにも不自然な感じがするのは、その下草には虫食いも枯《か》れ葉もなく、まるで作り物みたいだからだ。まばらにアンたちを取り囲む砂糖林檎《りんご》の木々は、見慣れた銀灰色《ぎんかいしょく》の枝で、赤い実をたわわにつけている。だがその木々の周囲を飛び回る虫の羽音もないし、葉擦《はず》れの音もない。

——ここには、風が吹《ふ》いてない。

生き物の気配がまったく感じられない。周囲はふんわりと明るいのに、廃墟《はいきょ》のような、どこか白々とした空間。ここに辿《たど》り着いた者は、ここで安堵感《あんどかん》を得るか、逆に空《むな》しさを感じて飛び出したくなるかどちらかだろう。すべてに疲《つか》れ気力をなくした者には、ここはとてつもなく心地《ここち》よいはずだ。だが何かを欲《ほっ》し、生きる楽しみを追いたい者にとっては墓場に等しい。

アンは後者だった。この場所に満ちる静けさが逆に落ち着かない。不可思議な空間に不安を覚えて周囲に目をやり、息を呑《の》んだ。

自分たちの立っている背後、二、三十歩の距離《きょり》に、通常の砂糖林檎の木よりもはるかに大きく、のびのびと枝を差しのばした砂糖林檎の木があった。銀灰色の幹は太く、枝もしなやかで、葉の色は目に染《し》みるような青。そしてたわわに実った砂糖林檎の実の赤。赤い実は、濡《ぬ》れているかのように艶《つや》やかで、一つ一つ、布で丁寧《ていねい》に磨《みが》きあげたかのようだ。

「最初の……砂糖林檎の木」

池の水面《みなも》にだけ存在した姿が、目の前にある。

飛びこんだ池の中から、どうやってここにやって来られたのかはわからない。そもそもこの場所はいったいどこなのかも、わからない。池の底に張りついて発達した、巨大《きょだい》な泡《あわ》の中なのか。それとも池の中からつながる異界なのか。けれど最初の砂糖林檎の木が、手の届くところにあるのは確かだ。

シルバーウェストル城に集められた職人たちの顔と、ホリーリーフ城にいる銀砂糖妖精《ようせい》見習いたちの顔が、流れるように一瞬《いっしゅん》目の前をよぎる。手の届く場所にあるあの赤い実さえあれば、彼等の絶望が、一気に、希望へと転換《てんかん》するのだ。

驚愕《きょうがく》に立ちすくんでいたのは一瞬で、アンはそこへ向けて駆《か》け出していた。

赤い実の色に、胸が高鳴る。近づくにつれて喜びが膨《ふく》れあがり、まだすこし遠いその赤い実に触《ふ》れたくてたまらず、届かないとわかっていながら手を伸《の》ばした。

しかしその一瞬後、砂糖林檎の木の幹の背後から、燃えるような朱色《しゅいろ》を帯びたなにかが、アンに向けて跳躍《ちょうやく》した。思わず足が止まったが、それは空《くう》を滑《すべ》った勢いに乗って目の前に迫《せま》っていた。剣《けん》を構えたラファルの姿を、アンの目はやっと捉《とら》えた。恐怖や驚《おどろ》きを感じる前に、彼は剣の刃《やいば》が届く距離に近づいていていた。

呆然《ぼうぜん》とするアンの前に、黒い影《かげ》が割って入った。鋭《するど》く高い音が響《ひび》き、ラファルが弾《はじ》かれたように体をひねり、真横に跳《と》んだ。アンの前には、剣を構えたシャルの姿があった。

「……生きていたのか銀砂糖師……。なぜだ……」

片膝《かたひざ》をつき身を低くして剣を構えながら、ラファルが呻く。いつもは薄緑《うすみどり》と薄青の混じる曖《あい》昧《まい》な髪《かみ》色が、怒《いか》りのあまりか朱色に変化し、炎《ほのお》のように揺らめく。こちらを睨《にら》みつける瞳には憎悪《ぞうお》だけがあり、アンの体の中にある命を食いちぎろうとするかのようだ。

——ラファル！

覚悟《かくご》していた。彼がここにいることは知っていた。だが実際、彼の姿を目《ま》の当たりにすると、恐怖ですくんで動けない。そのアンを背後に庇《かば》い、シャルが剣を構える。

「やっと会えたな」

そう告げたシャルの声は、冷たかった。たぎる怒りが、その黒い瞳に揺れる。

「貴様を斬《き》りたくて仕方がなかった。今度こそ、逃《に》がさない」

「わたしを殺しに来たか？　面白《おもしろ》い。やってみるがいい。しかしその前に、まずわたしはその死に損《ぞこ》ないを殺してやる。何度生き返ろうとも、殺してやる。おまえとは、それからだ！」

言葉が終わらないうちに、ラファルが地を渡《わた》る風のような速さで駆けた。シャルは身構え、低い位置から繰《く》り出された刃を撥《は》ねあげた。しかしラファルは撥ねあげられた刃を宙で返し、高い位置から押しつけるようにして振《ふ》り下ろす。シャルの刃はそれを受け止め、双方《そうほう》の剣から銀の光が散る。

　息を詰《つ》め、アンの視線は二人の剣が交わる場所に吸い寄せられていた。間近で繰り広げられる闘争《とうそう》の迫力《はくりょく》に頭は真っ白で、自分がどうすればいいのかわからない。

　ラファルとシャルの剣が互《たが》いの刃を撥ね返し、再び交差しようとした瞬間《しゅんかん》、双方の剣がぱっと白い光に包まれた。

　シャルもラファルも反射的にだろう、双方が背後に飛び退《の》いて、そして唖然《あぜん》と自分の掌《てのひら》を見おろす。彼等が握《にぎ》っていた剣が、二本とも消滅《しょうめつ》していた。二人とも周囲を見回し、己《おのれ》の武器の行方《ゆくえ》を捜《さが》すのだが、どこにもそれらしいものは落ちていない。

「こんなところで、派手な兄弟喧嘩《げんか》などせぬことじゃて、不完全なる妖精王ども。我は許さぬ」

　声とともに、大きな砂糖林檎の木の幹の背後から、滑るような足取りで一人の妖精の青年が姿を現した。

　銀色の髪と、赤い瞳。すらりとした立ち姿は、古風なローブを身に纏《まと》っており、裸足《はだし》だ。背にある羽は二枚そろっており、色みは銀。なのにその半透明《はんとうめい》の羽に弾かれる光はなぜか赤みを帯び、銀の羽に赤い鱗粉《りんぷん》がまとわりついているようだ。そこに彼がいることすら、目で確かめなければわからないほど、その気配は周囲に溶《と》け込んでいる。なのに目にした途端《とたん》、否応《いやおう》なく視線が引き寄せられるような、不思議な雰囲気《ふんいき》がある。

「貴様の仕業《しわざ》か、筆頭！　剣を返せ！　どこへやった！」

ラファルが喚《わめ》く。

――筆頭？

恐怖で頭の動きは鈍《にぶ》っていた。しかしかろうじて、ラファルが赤い瞳の妖精を「筆頭」と呼んだことだけには気がついた。筆頭とは、もしかしてルルが言っていた銀砂糖妖精筆頭か？　最初の砂糖林檎の木を守っている人なのだろうか？

シャルも用心深く、ラファルと赤い瞳の妖精を睨みつけている。突然《とつぜん》出現した銀砂糖妖精筆頭が、敵か味方か、なにをしようとしているのか。わからないだけに油断出来ない。

銀砂糖妖精筆頭は、子供っぽい仕草で、ふんとそっぽを向く。

「そなたの剣は、我の世界の外へ放《ほう》り出したわい。そちらの妖精王の剣は、力の結晶《けっしょう》をほどいてもとの光に戻《もど》した。ここは我の世界じゃ。我の意に沿わぬことは、できぬ。我はここで騒《さわ》がれるのを好まぬ。ここは我の世界ゆえに、ここでは我は全能じゃ。恐《おそ》れ入ったか、兄弟仲の悪い妖精王ども」

その言葉が終わるか終わらないかのうちに、ラファルが走った。あっと思う間もなく彼はシャルの脇《わき》を回りこみ、アンに向かって手を伸ばそうとした。剣がなくとも、彼の力であればアンの首など簡単にへし折られるはずだ。シャルが反応し、アンとラファルの間に割って入ろうとした。しかしラファルの体が、いきなり見えない手で突《つ》き飛ばされたように背後に飛んだ。

飛ばされたラファルは、下草の上を何度か回転した。すぐに体勢を整えて身構えたが、歯の隙間《すきま》から絞《しぼ》り出すように呻《うめ》く。

「これも、貴様か。筆頭。こんな能力が……」

「言ったであろう。喧嘩はするでない。そして我は、ここでは全能じゃ」

「こいつが何者か、知っているのか筆頭。こいつは……」

「見ればわかるわい。五百年前の妖精王、リゼルバにそっくりじゃ。あやつが準備しておった貴石から生まれた、そなたらと同じく不完全なる妖精王じゃろうて」

「こいつは妖精を裏切り、人間と馴《な》れ合っている！　そこにいる小娘《こむすめ》は人間だぞ！」

「裏切っておるかどうかは別として、馴れ合ってはおるようじゃ。そこな小娘が人間なのも、確かじゃろうて。して、それがなにかの？」

「筆頭……貴様は……」

ラファルはきりっと唇《くちびる》を噛《か》みアンを睨みつけるが、その視線から遮《さえぎ》るようにシャルが立ちはだかる。

目の前にいる赤い瞳《ひとみ》の妖精が、最初の砂糖林檎の木を守る銀砂糖妖精筆頭だ。彼がいるということは、ここが目的の場所。しかし、間違《まちが》いない場所に辿り着いたという確信に安堵《あんど》することはできなかった。ラファルの憎悪の眼差《まなざ》しが恐ろしくて、体の芯《しん》が凍《こお》ったかのように動けない。思考もままならず、息が浅くなり、苦しくなる。

けれど、ここで気を失うことも悲鳴をあげることもできない。この緊張状態《きんちょうじょうたい》は、わずかな刺激《しげき》でどう転ぶかわからない。

「なぜ生きている、銀砂糖師。確実に、急所を刺《さ》し貫《ぬ》いたのに」

ラファルの低い声がアンの背筋をさらに寒くする。

「アン!?」

呟《つぶや》いたラファルの声をかき消すように、ラファルの背後から澄《す》んだ、聞き覚えのある声が呼んだ。動くこともままならなかったので、目線だけを動かす。

この空間をまばらに埋《う》める砂糖林檎《りんご》の木々の合間を縫《ぬ》うように、エリルがこちらに向かって駆けてきた。銀の瞳が、アンとシャルの姿を認めて驚いたように、そしてわずかに嬉《うれ》しげに輝《かがや》く。だが彼は、跪《ひざまず》くラファルの後ろ姿に気がついたらしい。表情を強《こわ》ばらせると一瞬足を止めた。しかしすぐに再び駆け出しラファルに近づくと、かがみこんで彼の背に手を当てる。

「ラファル!? どうしたの!? 怪我《けが》!? 僕が治すよ！」

「いや、怪我はない……」

と、答えかけたラファルだったが、急にはっとしたようにエリルの顔を見やる。

「命を繋《つな》ぐ力……まさかエリル。おまえなのか？」

「え……？」

エリルがさっと表情を強ばらせ、アンもぎくりとした。

ラファルとエリルの様子を目にした銀砂糖妖精《ようせい》筆頭は、口元に苦笑いを浮《う》かべると、するすると砂糖林檎の木の方へ下がっていく。

見る見る、ラファルの表情が怒りを帯びる。彼はエリルの肩《かた》を掴《つか》んで強く揺《ゆ》すぶった。

「おまえなんだな!? エリル！ あの小娘は死にかけていたはずだ！ あのままでいれば確実に死んだ。だが、生きている。あの状態の生き物の命を繋ぐことができるのは、おまえしかいない！」

「僕は」

エリルは怯《おび》えたように体を引こうとするが、ラファルはそれを許さずに、さらに強くエリルの肩を引き寄せる。

「おまえだな、エリル!!」

――エリルがなにかされちゃう！

ラファルの怒りに危険を感じ、アンは震《ふる》えながら一歩、足を踏《ふ》み出しかける。しかしそれを遮るように、シャルが腕《うで》を上げて道を塞《ふさ》いだ。

「シャル。エリルが！」

「待て」

シャルはいつでも動けるように身構えながらも、彼等の様子を注視する。

「答えろ、エリル！ おまえなんだな!?」

「ごめんなさい。ごめんなさい、ラファル」

「なぜだ⁉」

「僕は、よく、わからない。けれど、死なせたくなくて」

エリルの肩を摑んでいたラファルの手が、力をなくしたように落ちる。朱《しゅ》に染まっていた髪《かみ》と羽の色が、先端《せんたん》から薄緑《うすみどり》と薄青の、曖昧《あいまい》な色合いへと滲《にじ》むように変化する。

「おまえまでも、わたしを裏切るのか？　なぜだ。なぜ、こうなる」

絶望したように呟き、ゆらりとラファルが立ちあがると、

「違《ちが》うよ！　違う！　ラファル！」

エリルも立ちあがり、彼の腕にすがるようにして訴《うった》えた。

「僕はラファルが一番好きで、大切！　裏切るなんてしない！　だから僕はここにいるんだもの！　ねぇ、本当だよ。そんな哀《かな》しい顔しないで」

「ならば、あの小娘とシャル・フェン・シャルを殺し、人間と戦うつもりがあるか？」

「それは」

エリルは怯えたように言い淀《よど》み、ラファルから手を離《はな》して、半歩足を引く。

「それは、まだ。よく分からない。でも僕はラファルが好き。必要なら戦うけれど、よく分からない」

「わたしの望みを、おまえはよく分かっているはずだ！　この場所では、この小娘にもシャル

にも手出しができん！　エリル！　もしおまえがわたしを喜ばせたいならば、その二人をこの場所から放り出して、わたしに息の根をとめさせろ！」

アンとシャルを指さし、エリルへの憤《いきどお》りを二人にまとめて叩《たた》きつけるように、ラファルは怒《ど》鳴《な》った。

「おまえは、なにを選ぶ!?　わたしは二人の死を、今、一番望んでいる！　外で待つ！　おまえが選ぶまで、わたしは外で待つ！」

言い終わるやいなや、ラファルはさっと駆《か》けた。一瞬《いっしゅん》、シャルは身構えたが、ラファルは鋭《するど》い一瞥《いちべつ》をアンに向けると跳躍《ちょうやく》し、上へ向かって飛んだ。ラファルの体が、揺らめく空に呑《の》みこまれるように二重にぶれると、一点の光に集約され、きらりと光ってかき消えた。

凶悪《きょうあく》な嵐《あらし》が通り過ぎた後のように、その場の静寂《せいじゃく》が耳に痛い。

シャルが肩の力を抜《ぬ》くと、アンもようやく、呼吸が楽になってくる。エリルはその場に膝《ひざ》をついて、ラファルが消えた空の一点を見あげて呆然《ぼうぜん》としている。

その中で、ふふふふっと面白《おもしろ》そうに、笑いを嚙み殺す銀砂糖妖精筆頭の声が響《ひび》く。

「なんとも、こじれた兄弟仲よの。傍《はた》から見ている分には、面白いがのぅ」

シャルは筆頭を睨《にら》みつけ鋭く命じた。

「黙《だま》れ」

恐怖《きょうふ》と緊張がやわらぎ、アンはようやく体が動いた。ぎくしゃくしていたが、呆然としているエリルの傍《かたわ》らに行くことができた。彼の隣《となり》に跪くが、彼はアンの姿が目に入らないかのように、まだ宙を見ている。その瞳に涙《なみだ》が一杯《いっぱい》たまっているし、銀の羽が細かく震えている。傷ついている彼の痛々しさに、アンは思わずエリルの手を優《やさ》しく撫《な》でた。

「エリル」

そこでようやく彼は、のろのろとアンに視線を合わせた。目が合うと、眉根《まゆね》を寄せて責めるように言う。

「なんで、なんでここに来てしまったの？　アン。こんなところに、来ないで」

「わたしたち、最初の砂糖林檎の木から精製する銀砂糖が必要なの。来なくちゃならなかったの」

「そんなの、知らない。来なきゃ良かったのに。僕はアンを助けちゃった。でも、助けなきゃ良かった。ラファルが、あんなに、哀しそうな顔をするなんて」

「ごめんね、わたしを助けてくれたから」

雛鳥《ひなどり》と、シャルはエリルを評していた。確かに彼は、雛鳥だ。この世界に生まれた時にラファルと出会い、彼を慕《した》い続けている。ラファルという親鳥は、大切に慈《いつく》しんでいる雛鳥に対してあれほど激高したことが今までなかったのだろう。

エリルは今、放《ほう》り出されたような気持ちに違いない。小さな子供が、ぷいと親から放られる寂《さび》しさと哀しみと後悔《こうかい》は、アンにだって分かる。

「エリルごめんね。後悔していても、いい。でも、お礼は言わせて。エリルのおかげでわたしは生きているし、ミスリル・リッド・ポッドも生きてる。ありがとう。本当に、ありがとう」

感謝の言葉に、エリルは目を見開く。

「ありがとうって、言ってくれるの？」

「うん。ずっと、お礼を言いたかったの。良かった、会えて。お礼を言えて。約束した砂糖菓《が》子《し》も、必ず作ってあげたい」

するとエリルは、困ったように首を振《ふ》る。

「ありがとうって、言われると嬉しいね。でも、分からないよ。僕はあなたを助けてしまったから、ラファルを哀しませた。僕はどうすればいいの？　分からないよ、考えればいいの？でも今、僕は考えられない。胸の中が、こんがらがってる」

「エリル」

幼子のように途方《とほう》に暮れる彼を、思わず抱《だ》きしめた。

──生まれてたった一年足らず。世界のこともよく分からないのに、みんながこの子に、色々要求している。王様だからって。

乱れた彼の気持ちをなだめるように、抱きしめていた。その様子をシャルは黙って見守っていた。銀砂糖妖精筆頭は、珍《めずら》しいものでも発見したように興味津々《きょうみしんしん》といった顔で眺《なが》めている。

「アン」

エリルが、ようやく息を吹《ふ》き返したようにアンの胸の中で囁《ささや》く。

「アン」

「大丈夫《だいじょうぶ》？」

「離して」

「でも」

「平気。いいよ、放っておいて」

エリルはアンの腕を押し離すようにして体を起こした。立ちあがると顔を伏《ふ》せたまま、最初の砂糖林檎《りんご》の木へ向けてゆっくりと歩いて行く。そして徐々《じょじょ》に、徐々に、速度を上げ、砂糖林檎の木に衝突《しょうとつ》するかと思う直前に跳躍し、宙に身を躍《おど》らせた。

「エリル！」

エリルの体が光の点になって消えると、アンも立ちあがり、その場所を見あげて呆然とする。

彼は、どうするつもりなのだろうか。

この場所は、おそらく安全だ。この場所では、シャルもラファルも剣《けん》を抜くことはおろか、つかみ合うこともできないらしい。それでもラファルはおそらく近くにいて、アンとシャルを、獲物《えもの》を狙《ねら》うように待ち構えている。そしてエリルは、ひどく混乱している。

自分は今、どうするべきか。アンにしたって混乱して、判断がつかない。動けないでいると、シャルがアンの傍らに立った。そして彼女の混乱を鎮《しず》めようとするかのように、そっと背中に手を添《そ》える。ひんやりとしたシャルの手が、ゆっくりと背中からアンをなだめる。

ようやくシャルの顔を見やると、彼は、落ち着けと言い聞かせるように頷《うなず》く。

——今わたしがやるべきことは、ひとつだ。

目の前に最初の砂糖林檎の木があり、そしてそれを守護する銀砂糖妖精《ようせい》筆頭がいる。ラファルとエリルが姿を消したことは不安で心配だが、今は、すべての憂《うれ》いを取り除いてから悠長《ゆうちょう》に自分の仕事をするわけにはいかない。

「シャル、砂糖林檎を」

告げると、彼はゆっくりと視線を廻《めぐ》らし、珍しげにこちらを眺めている銀砂糖妖精筆頭に向き直った。

「おまえが、最初の砂糖林檎の木を守っている銀砂糖妖精筆頭だな」

「いかにも」

筆頭は腕組《うでぐ》みし、傲然《ごうぜん》と告げる。

「姿を見ればわかる。そなたは妖精王の一人であろう？　先にそなたから名乗れ」

「シャル・フェン・シャルだ。おまえの名は？」

「我は、名を忘れた」

なぜか威張《いば》っているかのように胸を張る妖精を、シャルは胡散臭《うさんくさ》そうに見やる。

「忘れた？」

「長年生きすぎて、彼我《ひが》の区別がつかぬようになってな」

「まあ、いい。ラファルとエリル。彼等はここで何をしている?」

「エリルは、何もしておらん。日々ぼんやりと過ごしておる。ラファルは、せっせと友だち集めをしておるようじゃ。池の周りに、三、四十人ばかり集めたのではないか? どうもエリルを旗印に掲《かか》げ、人間と戦争でもやりたいようじゃがな」

筆頭はけろりと、他人事《ひとごと》そのもので喋《しゃべ》る。

見た目はすらりとした青年だが、言葉遣《ことばづか》いはどこかおかしい。口調がルルと似ている気もするが、彼女よりもさらに言葉は古風だ。色彩《しきさい》は銀と赤。まるで砂糖林檎の木そのものが妖精の形になったかのような雰囲気《ふんいき》すらある。そのせいなのか、なにを考えているのか、摑《つか》み所がない。

「さて、我は質問に答えた。そなたたちは何をしにここに参った?」

「最初の砂糖林檎の木から、銀砂糖を作りたい」

その答えを聞いた途端《とたん》に、筆頭の口元がにやりと歪《ゆが》む。

「ほほお、とうとう来たか転換期《てんかんき》の妖精王が。しかしなかなか珍しい。妖精王が連れてきたのは、人間か」

「転換期?」

不思議な言葉を、アンは口に出してみた。

──転換？　なんの？

妖精はくるりと表情を変え、いたずらっ子のような目で小首を傾《かし》げる。

「そなたは外へ出て、兄弟喧嘩《げんか》の続きはしなくて良いのか？　外ならば我も文句は言わぬ。好きなだけ、殺し合えばよかろうて」

筆頭は、シャルの要求を忘れたかのように、いきなり別のことを訊《き》く。不快げにシャルは眉《まゆ》をひそめたが、一応答える。

「奴《やつ》は俺たちの息の根を止めるまで、けして近くを離《はな》れない。ここでは戦えないから、入ってくることもしないだろう。奴と決着をつけるのに、急ぐ必要はない。急がなければならないのは、最初の銀砂糖を手に入れることだ。精製には時間がかかるだろう。その砂糖林檎、渡《わた》すのかと俺は訊いたはずだが？」

「なるほどのぉ。まず、砂糖林檎か。妖精王？　珍しいの。何事よりも砂糖林檎を優先させる妖精王は、いまだかつておらなんだ。なぜそのような思考になったかの？」

にんまりと筆頭は意外にも好ましげな微笑《びしょう》を返し、視線はアンに向いた。しかしシャルの要求には、まだ答えるつもりがないらしく、今度はアンに問う。

「そなた、何者じゃ。人間の娘《むすめ》」

「銀砂糖師です。その……人間が決めた、砂糖菓子職人の称号《しょうごう》ですが。要するに砂糖菓子職人です。妖精で言うところの、銀砂糖妖精です。名前をアン・ハルフォードといいます。御存知《ごぞんじ》ですか？　今、ハイランド王国全土で銀砂糖が精製出来なくなっていることを。原因は、去年の銀砂糖です。去年の銀砂糖は、なぜか最初の銀砂糖としての力を失っているんです」

「それは、そうじゃろう。昨年が転換期じゃからな、砂糖林檎の木の実が、力を失う」

あたりまえのように、筆頭は言う。

アンは、目を瞬《またた》く。

「そのこと御存知なんですか？　さっきから言ってる転換期って、なんですか」

筆頭はするすると滑《すべ》るように移動して、最初の砂糖林檎の木の、太い幹に手を添え、優《やさ》しく撫《な》でる。

「妖精も人間も、とことん疲《つか》れてしまったときは、休むじゃろう？　こやつも、千年に一度休む。その休んだ年の砂糖林檎の実には、最初の銀砂糖になれる力はない」

「でも王国全土の砂糖林檎が、そうなんです！　その木一本じゃないんです！」

「この木一本が、全《すべ》ての砂糖林檎じゃよ」

彼の言葉の意味が理解出来ないアンの表情を読んだのか、筆頭は続ける。

「この木が、全ての砂糖林檎の木の親じゃ。この木が己《おのれ》の気脈を、王国全土の地面の下に根のように広げ、その広げたものから砂糖林檎の木々は生長する。全ての砂糖林檎の木は、これとひとつに繫《つな》がっておる」

「ひとつ……あ……。だから……」

そこまで言われて、やっと自分の知識と彼の言葉が結びつき、理解がおよんだ。

砂糖林檎の木は、不思議な木だ。どんなに環境《かんきょう》を調べ、気を遣《つか》っても、けして人間の手で育てることができないのだ。砂糖林檎の木は野生でしか育たず、その理由はわからなかった。

しかし、この赤い瞳《ひとみ》の妖精が言ったことが本当ならば、人の手で木を育てることができないのも納得《なっとく》できる。砂糖林檎の木は、そもそも、この最初の砂糖林檎の木と繋がっていないと育たず、そしてこの木が望むところにしか芽吹《めぶ》かない。

草や木は自ら動かず、静かに自然のなすがままに生き続ける。だからこそ動物は、植物が生きていることすら忘れがちだ。だが植物は動物と同じく、したたかに生きている。

目の前で銀灰色《ぎんかいしょく》の枝を広げる砂糖林檎の木が、生き物であるということを強く感じる。この木が、腕《うで》を広げるように王国の全土にゆっくりと自らの力を広げていく事実は、生命の強さ、脈打つような意志さえも感じさせる。この木はまるで、老練の魔法使《まほうつか》いのようだ。気が遠くなるほどの長い時間、ゆっくりと、静かに、不思議な力を王国の全土へと届けている。

しかしその強い生命も、休む瞬間《しゅんかん》がある。生き物ならば、体を休める時があるのは当然だ。そしてそのお休みの一年が、去年だということなのだろう。

「千年に一度。じゃあ、これは当然、起こるべくして起こったこと……？　でも、銀砂糖は永久に失われたわけではないのですよね？　銀砂糖妖精のルルという人が、言っていました。最初の砂糖林檎《りんご》の木であれば、最初の銀砂糖になれる銀砂糖が、精製出来るのだって」

「この木以外の砂糖林檎の木は、いわばこの木の子じゃ。最初の銀砂糖がなければ、その実は銀砂糖になれぬ。じゃがこの木は親であるからこそ、最初の銀砂糖というものが介在《かいざい》しなくとも、銀砂糖が精製出来る。それこそが、真の最初の銀砂糖じゃわな」

「それが、欲しいんです！」

アンは筆頭に駆《か》け寄り、背の高い彼の、赤い、砂糖林檎の木の実そのもののような瞳を見あげる。

「この木の実をください！　銀砂糖に精製させてください」

「なぜにだの？」

「最初の銀砂糖がなければ、この世界から砂糖菓子《がし》が消えます！」

すると、筆頭は目を細めて微笑した。

「消える？　はて。それが、どうしたというのじゃ？」

「……え」

絶句した。よもや、最初の砂糖林檎を守る、銀砂糖妖精筆頭と呼ばれる妖精の口から、そんな言葉が出るとは思っていなかった。シャルが、不審《ふしん》げに筆頭を睨《にら》みつけている。アンは動けなくなった。なにかを聞き間違《まちが》えたのかと、何度も目を瞬く。

筆頭は、微笑したまま続けた。

「世界から砂糖菓子が消える。それが、なにか問題なのかの？　我にいわせれば、それがどうした？　という程度じゃ。消えるものならば、消えればよかろう」

池のほとりに立つと、エリルは急いで周囲を見回した。彼に見捨てられたような気がして、それが哀《かな》しかった。アンを助けた事実を知れば、ラファルが怒《おこ》るだろうとは思っていた。だがそれ以上に、彼があれほど絶望した表情を見せたことが、つらかった。

久しぶりに飛び出した外の世界は、さやさやと冷たく爽《さわ》やかな秋風が吹《ふ》いている。砂糖林檎の香《かお》りは甘く、一歩踏《ふ》み出す度《たび》に、下草の中からぴょんと飛び出してくる、小さな虫は可愛《かわい》い。けれど世界の音や香り、光、賑《にぎ》やかさを楽しむ余裕《よゆう》はなかった。ただラファルの姿だけを求めて、砂糖林檎の林の中に踏みこんだ。すると、

「ラファル……」

「エリル様！」

ラファルが集めてきた妖精《ようせい》たちが、すぐにエリルの姿を見つけたらしい。木々の合間を縫《ぬ》うように、あちこちから早足で集まってくる。彼等は四十人ほどに膨《ふく》れあがっていた。ラファルは、次々と戦闘力《せんとう》に長《た》けた仲間たちを集めていたのだ。それもこれも、人間と戦うために。

増えていく仲間たちを、エリルはどうするべきかわからなかった。ただラファルが嬉々《きき》とし

ているので、見守っていた。

決断をしていない自分には、関《かか》わりないことだと思いたかった。けれど旗印になり先頭に立ってエリルが戦ってくれれと、顔を見る度に妖精たちには要求された。それにどう返事をすればいいかわからずに、エリルはよけい、あの銀砂糖妖精筆頭がいる閉鎖《へいさ》空間から出るのが億劫《おっくう》になっていたのだ。

「なにがありましたか⁉　今、得体の知れない妖精が、人間を連れて池に」

急《せ》き込んで訊いてきたのは、四十人の妖精たちを束ねる役目を務めている妖精だった。

「うん。来たよ。彼は大丈夫《だいじょうぶ》。僕たちと同じだから」

「同じですか？　なにが」

「彼も、最後の妖精王が残した貴石から生まれたの。シャル・フェン・シャルだよ。僕たちの兄弟石だから。そんなこと、どうでもいいよ。ラファルは？　どこにいるの？」

「先ほど出てこられて。その先に、お一人で。誰《だれ》も近づくなと」

彼等が示したのは、砂糖林檎の林の一角だった。そこはことに木々が密集して、姿を隠《かく》しやすい場所だ。

「ありがとう。あなたたちは、ここにいて。僕が行く」

言い置くと、エリルは早足に歩き出した。

「ラファル」

呼びながら、周囲を見回す。

「ラファル。ねぇ、ラファル。ラファル」

足が自然と速まり、呼ぶ声にも悲痛さが増す。

「ラファル。ラファル！」

もう一度大きくその名を呼ぼうとしたとき、脇《わき》から伸《の》びてきた手に二の腕を摑《つか》まれた。強引《ごういん》に引っ張られ、あっという間に、木の幹に背を押しつけられていた。ラファルが、エリルを見おろしている。

「ラファル」

彼が見つかったことにほっとして、笑《え》みがこぼれる。が、自分を見おろすラファルの瞳の冷たさに、笑顔はそのまま凍《こお》りつく。

「ラファル？」

「二人を、おびき出してきたのか？」

辺りを憚《はばか》るように囁《ささや》かれ、エリルは、彼が飛び出していく前に自分に要求したことを思い出した。彼の要求などこれっぽっちも理解しないまま、エリルはただ、寂《さび》しくて、ラファルを追って来たのだ。

「彼等はまだ、あそこ。出てこない。多分、出てこないよ。彼等は目的があるみたいだから、僕がなんて言っても、出てこないよ。ごめんなさい、ラファル」

「目的？　奴《やつ》らは、我々を捕《と》らえに来たのではないのか？」

「違《ちが》うよ。砂糖林檎が欲しいと言っていたもの。それから銀砂糖を精製したいって」

「それならば、ちょうどいい。その銀砂糖を奪《うば》えば、奴らはそれを追って出てくるはずだ」

「ラファル」

ラファルの思考は今、シャルとアンの息の根を止めることにしか働いていない。妄執《もうしゅう》といってもいいほどに、その思いに取り憑《つ》かれている彼が、どうしようもなく恐《おそ》ろしい。そして同時に、可哀相《かわいそう》だ。彼の気分が晴れるのならば、いっそシャルとアンを、殺してしまってもいいのかも知れない。そんなふうにエリルの感情が揺《ゆ》れる。

しかし同時に、アンの声やシャルの言葉が、エリルの中にはくっきりと鮮《あざ》やかに残っている。彼等はけして、殺したいほど憎《にく》い相手ではない。それどころかアンには、側《そば》にすり寄ってみたい気もする柔《やわ》らかさがある。

——胸の内側が、二つに裂《さ》けそう。

ラファルが、エリルの頬《ほお》を優《やさ》しく撫《な》でる。

「いいな、エリル。わたしの望みは、知っているだろう？　彼等が銀砂糖を欲しがっているなら、それを奪って、おびき出すんだ。わたしが、彼等の息の根を止めるから。おまえがためらうなら、わたしがやるだけだ」

「でも、ラファル」

喉《のど》に声が絡《から》み、言葉が震《ふる》える。

「僕は、まだ……よく、わからない……」

「エリル。エリル」

ラファルは両手でエリルの頬を挟《はさ》んで、瞳《ひとみ》を覗《のぞ》きこみ、囁く。

「おまえは、わたしを喜ばせたいのか。哀しませたくない。でも、あの二人は……」

「喜ばせたい。僕は、あなたを哀しませたくない。でも、あの二人は……」

「わたしを喜ばせたいなら、エリル。銀砂糖を奪え。エリル」

緑と青を溶《と》かし、金色の輝《かがや》きを一刷《ひとは》け混ぜたような、曖昧《あいまい》で美しい髪《かみ》色と瞳。その曖昧な色が、エリルには好ましい。呪文《じゅもん》のように、ラファルは囁き続ける。

「銀砂糖を奪え。わたしの望み、聞いてくれるか？　エリル」

「僕は、ラファル」

「エリル。聞いてくれるのか？　エリル」

「……うん。いいよ」

エリルは、頷《うなず》いてしまった。ラファルは優しい笑顔で、エリルを抱《だ》きしめた。

「おまえはやはり、わたしとともにある者。妖精王だ。エリル」

ラファルの歓喜《かんき》を感じ抱きしめられながら、エリルは泣き出したいような気分になる。

──僕は、いいよって、言ってしまった。

「これでいいのか」と、胸の奥で二つに裂けそうな複雑な思いが問いただしてくる。けれどもう、考えることも苦しくて、嫌《いや》だった。アンは考えろと言ったが、それが今のエリルには苦痛だった。もう考えたくなかった。

五章　銀砂糖妖精筆頭の要求

「消えればいい？」

呆然《ぼうぜん》とアンは、銀砂糖妖精筆頭の言葉をおうむ返しにした。すると筆頭はにぃっと笑うと、すとんと、砂糖林檎《りんご》の木の根元に座りこみ幹に背をつけた。

「どうして、消えればいいなんて……。そんなこと」

「我はここで生きておるのじゃから、外の世界でなにがあろうが知ったことではないわい」

「でも千年前に妖精王が最初の銀砂糖を求めてここに来たのだと、言い伝えが残っています。妖精王に最初の銀砂糖を渡《わた》したのはあなたではないんですか？　別の人なんですか」

「我じゃ。千年前も、二千年前も。我はかれこれ、三千年、ここにおる」

「三千年……？」

口に出してみたが、ぴんと来なかった。六百年間生きていると告げたルルの過去を思っても、うまく想像ができなかった。六百年ですら、目眩《めまい》がするほど長い時間だ。それが三千年となると、もはやそれは伝説を飛び越《こ》え、神話の域だ。

赤い目の妖精は、神話世界そのものの存在なのだろうか。空気に溶けるほどにその場に馴染《なじ》んでいるのに、目にすれば、視線がひきつけられる磁力を持つ不思議な存在は、確かに神話の世界から生き続ける命なのかもしれない。

「そう。三千年じゃ。結構、長いぞ？　まあ、そういうわけでな。千年に一度、ここに来るのは決まって妖精王で、我はそ奴らに最初の銀砂糖を渡した」

「銀砂糖を渡したのは、砂糖菓子《がし》が地上から消えることを、よしとしなかったからではないんですか？」

「おお。その時はの」

銀砂糖妖精筆頭は、腕《うで》をついと真上に伸ばすと、指先で文字を描《えが》くような仕草をした。するとゆらゆらと揺れている空の青が薄《うす》れ、ただ、ぼんやりと明るい光だけの空になる。

「ほれ、見るがよい。今、この場所と外を繋《つな》ぐ境目を閉じた。こうすれば、我の許しなく誰《だれ》も入ってはこられぬ。そなたらは池に飛びこんだのであろうが、我がこうやって閉じてしまえば、水に飛びこんだら死ぬだけじゃ。我が許した者しかここには入り込めなくなる。昔は、そうしておったよ。五百年前まではの。そうしておらねば、妖精連中がうるさかったのじゃ。やれ、銀砂糖の質を上げる方法を教えろだの、光が透《す》けるような細工をするにはどうすれば良いのかだのと、それはそれは煩《うるさ》くて、安易に誰でも入れてやるわけにはいかなんだ」

そして筆頭はもう一度空を撫でるように手を動かす。するとまた、空の青と白い雲の色彩《しきさい》が戻《もど》る。

「しかし五百年前から、ぴたりと誰も来なくなってしもうた。誰一人、来ぬ。我が引きこもりすぎたかと、境界を開いてみたが……百年経《た》っても、二百年経っても、もはや誰も来なくなった。砂糖菓子は忘れられ、滅《ほろ》びたのじゃろうと我は思った。そう思ったらのぉ、二千年以上ここにいても、なにがどうなるわけでもないのに気がついた。砂糖菓子を作ることが空《むな》しくなると、早々に飽《あ》きてしもうた」

「でも砂糖菓子は滅びてません。必要なものとして、ずっとあり続けています。今だって、砂糖菓子を作ることによって妖精の未来が変わるかもしれないんです。必要なんです、地上に砂糖菓子が」

「そうかの。じゃが我は、飽いた。砂糖菓子などどうでもよい」

「妖精の未来が」

「どうでもよいのじゃ。我には、関係のない世界じゃ」

アンの言葉を遮《さえぎ》り、筆頭は聞きたくないと言わんばかりに手を振《ふ》る。

この妖精はもはや、地上のことに思いを馳《は》せることも、それについて真剣《しんけん》に向き合うことも拒否《きょひ》している。彼の言葉を借りるならば「飽いている」のだろう。

赤い瞳は砂糖林檎のように綺麗《きれい》な色だが、きらめきがない。ミスリルの溌剌《はつらつ》とした目や、ノアのはにかむような、それでいて新しいものを探そうとする目。ベンジャミンの眠《ねむ》そうな、ほわりと柔《やわ》らかく笑う目。シャルがアンを見つめてくれる、綺麗な目。彼等の目は様々な色で、とりどりの雰囲気《ふんいき》を持っている。だがいつも輝きを秘《ひ》めている。アンの周囲にいる妖精たちの目を見ていたから、目の前にある赤い瞳のきらめきのなさがよくわかる。

——この人は、生き続けることに飽きているの？　だからなにもかも、どうでもいいの？

この妖精が砂糖菓子のことを真剣に考えてくれるには、どうしたらいいのだろうか。立ち尽《つ》くしていると、シャルが静かにアンの背後に立つ。

「砂糖林檎の実、力尽《ちからず》くでとってもいいぞ。銀砂糖妖精筆頭」

低く脅《おど》しつけるように言うが、筆頭は鼻で笑って、自らの羽を膝《ひざ》に引き寄せ、まるで猫《ねこ》が毛繕《け づくろ》いするようにやわやわと撫《な》で始める。

「やれるものならば、やってみるのもよかろうて。しかし、言ったであろう。ここでは、我は全能じゃ。そなたが砂糖林檎に触《ふ》れれば、そなたを、そなたの兄弟の元へ放《ほう》り出してやるぞ」

「どうでもいいというなら、渡せ」

「どうでもいいから、渡したくはないのぉ。これは我の一部も同じであるからの、どうでもいい世界にくれてやるつもりはない。我のものは、我のもの。我だけのもの」

頑《かたく》な、とはすこし違《ちが》う。赤い目の妖精は、とことん無気力なのだ。

——この人が納得《なっとく》してくれなければ、砂糖林檎はもらえない。

アンは唇《くちびる》を噛《か》む。

地上から砂糖菓子が消えるのが、どうでもいいと言い放つ妖精に少なからず腹が立つ。砂糖菓子が消えれば、この地上から幸福を招く手段が消えるのだ。そして職人たちは職を失い、妖精たちの未来は閉《と》ざされる。

事情をぶちまけ、怒鳴《どな》りつけ、さっさと渡せと要求したい。

しかしこの最初の砂糖林檎の木は、この妖精のものなのだ。彼は三千年もここにいて、この木を守っている。この木の一部であり、木そのものでもあるかもしれない。

最初の砂糖林檎の木自身が拒否しているのに、アンが無理矢理《むりやり》にその実をもぎ取ることはしてはならない。実際、ここで全能だという彼の意に沿わないことをするのも、不可能らしい。

この妖精が、砂糖林檎を渡しても良いと思ってくれなくてはならない。なのに彼は、地上の事情に耳を傾《かたむ》けることすら、今はしてくれない。

この無気力な妖精に、どうすれば気力と瞳《ひとみ》の輝《かがや》きを吹《ふ》きこめるのか。彼が無気力から一歩踏《ふ》み出し、地上の人間や妖精の事情について考える程度の思いを蘇《よみがえ》らせるには、どうするべきなのか。

まず彼が、アンたちの言葉に向き合ってくれなければならない。

──無気力な人に、気力を与《あた》えるもの。それは、なに？

アンはすとんと、妖精の前にしゃがみこんだ。じっと彼の瞳を覗《のぞ》きこむ。

「なんじゃの？」

妖精は訝《いぶか》しげに眉《まゆ》をひそめる。

「あなたに、必要なものが見えるかも知れないと思って」

答えると、妖精はぷっと吹き出す。

「我はここで全能じゃ。全能の者は、全《すべ》てを持っておるぞ。ゆえに我に必要なものは、全て我が持っている。不足しているものはないぞ。残念ながらのぉ」

「そんなの、変じゃないですか？」

「なにが変じゃ？」

「生き物だもの。生き物って、足りることがない。生きてるから、必要なものは次々必要です。水、食べ物。いくら食べても飲んでも、生きているからそれを使ってしまって、次が必要なのに」

「残念じゃが、ここは時間の流れが外に比べて緩《ゆる》くての。ここにいる限りは飲み食いは、ほとんど必要ない」

「飲み食いだけじゃなくて、好きなものだってそうです。お花が好きな人は永久にお花が好きだけど、そのうち、猫も好きになる。犬も好きになる。生きてる限り、どんどん好きなものだって増えてくる。だからこれで充分《じゅうぶん》なんて、生きている限りはないです。生き物は、足りることがない。でもだからこそ、楽しいんですから」

「我は、足りておる」

「でも、あなたも生き物です」

「なれば、そなたの考えが間違《まちが》っておる」

「あなたが間違っているかも知れません」

会話を続けながら、アンは妖精《ようせい》の瞳をじっと見守り続けていた。この会話に意味があるわけではない。ただアンは、彼の瞳の変化を見つけたかった。

——この人に必要なもの。

アンは視線をそらさず訊《き》く。

「なら、試《ため》してみていいですか？　あなたが間違っているか、わたしが間違っているか」

「なにをする気だ？」

背後に立つシャルが、訝しげに呟《つぶや》く。アンはちょっとふり返って、シャルに頷《うなず》いてみせた。

「試してみたい。このままじゃ、なにも動かないから」

三千年生きた、神話世界の妖精は、人間とは時間の感覚も、感情も違っていて、本当に必要なものなどないのかも知れない。ただ、三千年生きて、その膨大《ぼうだい》な時間によってなにかが変わったとしても、もともと生まれた瞬間《しゅんかん》は、シャルやミスリル、ルルと同じ妖精だったはずだ。

——三千年の時間に対抗《たいこう》出来るのは、もっともっと長い時間じゃないはず。

長すぎる時間を生きる妖精にとって、三千年も五千年も、大差がないだろう。

——人間はどんなにがんばっても、百年生きられるかどうか。

だからこそ、長い時を生きる妖精に見えないものを、見ている可能性もある。巨大《きょだい》な生き物が、小さなアリの存在に気がつかないのと同じだ。自らがアリであれば、そこにもっと小さな生き物だって見つけられる。

だったらアンにだって、なにかができるはずだ。なにをどうするべきなのか、よくわからない。ただわかっているのは、この赤い瞳の妖精に気力を吹きこむことが必要だということのみ。

――わたしは砂糖菓子《がし》しか作れない。だから、なんとかやってみるしかない。

正直なところ、なにをどう作ればいいのかさっぱりわからない。だが試してみるしかない。

――銀砂糖に触れれば、わたしにもなにかがわかるかも知れない。

銀砂糖に触れると、気持ちが落ち着く。そしてその手触《てざわ》りを感じていると、心の中に、様々なものが浮《う》かびアンを導いてくれる。だからきっと、銀砂糖がなにかの答えをアンに教えてくれるだろうと、今までの経験が告げている。迷った時、困った時は、銀砂糖に触《さわ》ればいい。

改めて銀砂糖妖精筆頭に向き直り、告げる。

「わたしは、あなたに必要なものをさしあげます。あなたは欲しいものが、わかってないだけかも知れない。あなたがもし、わたしがさしあげようとするものを欲しいと思えば、あなたの負けです。砂糖林檎《りんご》をください」

まるで確信があるかのように告げたのは、なにかができると信じなければ、自分自身も弱気になって、なにもできそうにない気がしたからだ。

――自分を信じるのではなく、自分の手で触れる銀砂糖から伝わってくる力を信じよう。

アンの言葉に妖精は目を見開く。

「生意気な口をきく小娘《こむすめ》じゃのう。三千年生きた我が、知らぬことがあると？　瞬《また》く間に生まれて死んでゆく人間が、三千年の知恵《ちえ》以上のものをもっていると？」

「知っているかもしれません。瞬く間に、生きて死ぬからこそ」

「よかろう、それを我に示せ」

赤い瞳に深い笑《え》みが浮かぶ。

確証もないまま、アンは銀砂糖妖精に挑《いど》んでしまっていた。闇雲《やみくも》なのかも知れない。焦《あせ》っているのかも知れない。けれど目の前にある赤い実を、アンは手に入れて銀砂糖にしなければならないのだから。

「砂糖菓子を作る道具と、銀砂糖はありますか？」

その場に立ちあがりながら、アンは銀砂糖妖精筆頭に訊《たず》ねた。赤い瞳の妖精は目を細め、ついと真横に向かって手を伸《の》ばし、草地の一点を指さした。

「あれじゃ」

「え……？」

妖精が指さした草地には、銀砂糖を入れた樽《たる》が四樽と、冷水を入れた樽が一つ。天板に石を張った作業台が一つ、忽然《こつぜん》と出現していた。さっきまでそんなものはなかったのに、音も気配もなく出現したそれにアンは絶句し、シャルも驚《おどろ》いたように呟く。

「なるほど……万能《ばんのう》、か」

筆頭はつまらなそうにそれを見やりながら、肩《かた》をすくめる。

「道具も銀砂糖もあるが、砂糖菓子を作るつもりかの？　小娘。砂糖菓子を作って、我に与えるつもりかや？　しかし娘よ。残念なことに、我は筆頭じゃ。我以上の砂糖菓子を作れる者はおらぬのに、そなたの作った不細工な砂糖菓子を捧《ささ》げられ、我が満足すると思うかや？」

「必要なものだったら、あなたの作ったものより不細工でも、満足出来るのではないですか？」

「我に必要な砂糖菓子ならば、我は己《おのれ》で作っておるわ」

「必要なものをわかっていなければ、作りようがないでしょう？」

「我は、我が欲しいものがないことくらい、わかっておるわい」

「あなたが、欲しいものはないと思い込んでいるだけかも知れません。だから、試します」

自信ありげに装《よそお》って、アンは草地の中に出現した作業台へ向かって歩き出した。その背中を見つめ、銀砂糖妖精筆頭は苦い表情をする。

「傲慢《ごうまん》な小娘じゃて。我が知らぬことを、己が知っていると言い張っておるわい。なんたる無礼じゃ。三千の命が知らぬことを、瞬く間に死ぬ人間風情《ふぜい》が知っておるとは、片腹痛いの」

シャルは大きく息をつくと、銀砂糖妖精筆頭の傍《かたわ》らに近づいた。

「あれは無礼なんじゃない。懸命《けんめい》なだけだ。すこし、寄れ」

と命じると、彼の横に腰《こし》を下ろし、幹に背をもたせかけると片膝《かたひざ》を立てて座る。筆頭は迷惑《めいわく》そうにシャルを横目で睨《にら》む。

「それにそなたも、なんとも横柄《おうへい》な妖精王じゃ。エリルは、可愛《かわい》らしかったのにのぉ」

「ラファルは?」

「あれは無礼じゃ」

「あれよりは、ましなはずだ」

「どっちもどっちじゃわいな」

シャルは肩をすくめて会話を打ち切ると、アンの方を見やる。

まるで作り物のように、風も吹《ふ》かない、生き物の気配さえない空間。そこに忽然と出現した作業台と、銀砂糖の樽、冷水の樽、そして作業台の上に並べられている道具たち。アンはそれらに触《ふ》れ、さらに銀砂糖に触れ、その手触りを確かめる。

この幻《まぼろし》のような、どこか現実感の薄《うす》い世界の中にありながら、道具や銀砂糖にだけは、不思議と実在感がある。

——すべてが、輝《かがや》きを失って無気力なこの場所で、銀砂糖にだけは輝きがある。それに触れる道具にも、力がある。砂糖林檎の力が、そこに染《し》みついているみたい。砂糖林檎そのものは、力を失っているわけでも、世界に倦《う》んでいるわけでもない。

最初の砂糖林檎の木を見やると、赤い木の実の色だけが、このぼんやりした世界の中で鮮《あざ》やかだ。

――砂糖林檎の力が、その守護者である妖精の力になればいい。

腰にくくりつけておいた、革《かわ》の入れ物に入った道具類を作業台の上に置いた。入れ物を広げると、道具類をすぐに取り出せるように整えた。そして左手薬指にはめてもらった、シャルが草で編んだ指輪をはずす。手にとってそれに軽く口付けると、作業台の端《はし》に置く。

指を冷やす冷水と、銀砂糖に混ぜ込む冷水。二種類を器《うつわ》に準備して作業台に並べ、他《ほか》の道具類もざっと確認《かくにん》する。それから石の器を手に銀砂糖の樽に近寄る。四つの樽にはそれぞれ、白、赤、黄、青の銀砂糖がたっぷりある。筆頭が精製したものなのか、見ただけで粒子《りゅうし》の細かさがわかる。上等の銀砂糖だ。それら四つの色の銀砂糖を別々の器にくみあげて、作業台に並べた。

冷水に手を入れ、指先を冷やしながら冷静になろうとする。

――銀砂糖妖精筆頭に必要なのは、気力。

アンにわかっているのは、たったそれだけなのだ。無気力な妖精に気力を蘇《よみがえ》らせるには、どうすればいいのか。何を作ってみせればいいのか。銀砂糖を前にすれば何かを思いつくかと思ったが、頭は真っ白だ。

それでもアンは白い銀砂糖を作業台の上にあけると、さっと両手で掻《か》き回し、冷水を加える。改めて自らの中に獲得《かくとく》した確かな技術で、指先の位置、動きを確認し、瞬《まばた》きの数を数えて手の動きとあわせ。

しかし、

――二十、二十一、二十二、二十三、二十二……二十二……。

瞬きの回数を心の中で数えている最中《さなか》に、はっとした。自分が何を作るべきかもわからないこの状態で、迷いがあるのだろうか、数を数えそこねていた。その途端《とたん》に指が止まり、銀砂糖は瞬く間にじわりと一部にのみ湿気《しっけ》が浸透《しんとう》して、べたつく箇所《かしょ》と粉っぽい箇所とまだらになる。

――駄目《だめ》だ。落ち着け、落ち着け。

背中にシャルの視線を感じる。彼が気遣《きづか》わしげに、こちらを見守ってくれているのを感じる。それを支えにしようとするが、背を向けていると気配さえ摑《つか》めない銀砂糖妖精《ようせい》筆頭の表情が気になる。彼は、どんな顔をしてアンを見ているのか。

ふいに銀砂糖妖精の、引き笑いのような妙《みょう》な笑い声が起こった。ふり返ると、シャルが嫌悪《けんお》の表情で隣《となり》に座る妖精を睨《ね》めつけている。しかし睨まれている本人は、蔑《さげす》むような、いかにも人を馬鹿《ばか》にしたような声を立てて腹を抱《かか》えて笑っていた。

「大口を叩《たた》くからには、それなりかと思っていればの。笑止《しょうし》。笑止。銀砂糖もまともに練れぬとはのぉ。愉快《ゆかい》じゃの、愉快。いやいや、実に」

筆頭はアンの失敗を喜んでいる様子ですらある。彼の言葉はすべて妥当《だとう》だったが、その不真面目《ふまじめ》な態度に、かっとして頭に血が上る。

馬鹿にされ、叱責《しっせき》され、からかわれているのであれば、己の未熟さを羞《は》じただけで終われた。

アンの未熟さを笑い、叱咤《しった》するのであれば納得《なっとく》出来る。けれど、

――この人は、ただ面白《おもしろ》がってるだけ。

握《にぎ》った拳《こぶし》が震《ふる》えた。

砂糖菓子《がし》に対して真摯《しんし》であり続けるヒューやキャット、ルル。彼等は未熟な職人を目《ま》の当たりにすれば、不愉快になり、怒《いか》り、叱咤する。今のアンの不手際《ふてぎわ》にも、不愉快さを露《あら》わにして叱咤するはずだ。彼等は砂糖菓子に真っ直《す》ぐに向き合っているからこそ、未熟な職人へ怒りを抱《いだ》きこそすれ、面白がることはしない。

だが筆頭は、面白がっている。単純に小娘の失敗を面白がっているだけなのだ。不真面目だからこそ、アンの未熟さに怒《おこ》ることはしないのに、面白がる。

その不真面目さが許せなかった。砂糖菓子を守ろうとする職人たちの必死さや、妖精たちが未来に託《たく》した希望を、アンは知っている。だからこそ、彼等と同じものを守るためにここにいる。砂糖菓子に対する真摯さすらも、一緒《いっしょ》に笑われた気がした。自分たちの思いを侮《あなど》られ、蔑まれ、真面目に受け止めようともしないその態度に怒りが膨《ふく》れあがる。

「貴様は……」

不愉快さにシャルが呻《うめ》き、何か言おうとする。だがその前に、アンは怒鳴《どな》っていた。

「大口叩いているのはどちらですか!?」

怒りのために涙《なみだ》があふれそうだったが、泣くまいと、必死で堪《こら》える。筆頭は怒鳴られると、

びっくりしたように笑いを止め、そして嫌《いや》そうに眉《まゆ》をひそめる。

「なんじゃの？　己の未熟さを笑われ、恥《は》ずかしさのあまりに逆に我に怒《いか》るかや？　小娘《こむすめ》のくせに誇《ほこ》りだけは一人前かの」

「恥ずかしいだけなら、怒《おこ》りません！　わたしの誇りなんてちっぽけで、あなたに笑われたからって怒ったりしない！　わたしは、いっぱい、いろんな人に笑われて馬鹿にされる！　いまさらあなた一人に笑われたからって、なんだっていうんですか⁉　わたしが怒っているのは、あなたが不真面目だから！　銀砂糖妖精筆頭を名乗りながら、砂糖菓子なんてどうでもいいなんて言う！　砂糖菓子に向き合ってもいないのに、不器用でも、未熟でも、向き合ってるわたしを笑う資格なんてない！　わたしを笑うなら、自分がどれだけ素晴《すば》らしい銀砂糖妖精かを見せてからにしてください！」

　こんな大声が出るのかと、自分でも信じられないほどの声で怒鳴ると、アンは作業台の上に置かれていた銀砂糖を入れた石の器を取りあげて真っ直ぐ突《つ》きだす。

「見せてください！　そしたら存分に笑ってください！　わたしが不器用だって、職人としてなってないって！」

　筆頭はぷいと、横を向く。

「嫌じゃ。やりとうない、そんなもの。面倒《めんどう》じゃ」

「本当は、できないんでしょう⁉　筆頭なんて偉《えら》そうに言ってても、三千年も生きてても、もう砂糖菓子を作れないんじゃないですか⁉」

「なにを無礼な」

急に筆頭の顔つきが変わる。どこか茫洋《ぼうよう》とした雰囲気《ふんいき》を引きずっていたのが消え、その赤い瞳《ひとみ》に影《かげ》が差す。怒りを秘《ひ》めた無表情は、まるで白い塑像《そぞう》のようで、背筋がぞくりとする。

「我は、この最初の砂糖林檎《りんご》の木から生まれた、砂糖林檎そのものの存在じゃ。砂糖林檎から作る銀砂糖と砂糖菓子。それらは我が創造したもの。その我に、なんと申したのじゃ」

低い声が恐《おそ》ろしくて、苦い唾《つば》をなんとか飲みくだす。

――この人は、砂糖菓子の神様なの？

三千年前に最初の砂糖林檎の木から生まれ、この木を守り、そして銀砂糖を精製して砂糖菓子を作ったというのならば、生まれた時は普通《ふつう》の妖精だったとしても、人間の感覚で言えば神に等しいのではないか。妖精たちは彼のことを銀砂糖妖精筆頭と呼んでいるが、それは砂糖菓子の神の異名なのかも知れない。

ふざけた態度を捨てた彼には、まさに神々《こうごう》しいとも言える厳《おごそ》かさと恐ろしさがある。

――わたしは、神様に喧嘩《けんか》を売った……？

そら恐ろしさが背筋を這《は》うが、引き下がれなかった。神であっても、真っ向から挑《いど》まなくてはならないときがある。その神が怠惰《たいだ》で不真面目であるならば、なおさらだ。

「何から生まれようが、なにを創造しようが、今、できないならば威張《いば》れません。できないんでしょう？　できるというなら、見せてください」

震える声で挑発《ちょうはつ》すると、銀砂糖妖精筆頭が、ゆらりと立ちあがる。

「無礼千万《せんばん》じゃ。見せてやろうぞ、人間の小娘よ」

筆頭がアンの横に突然《とつぜん》出現していた。とてつもない速さで、音もなく滑《すべ》るようにやって来たのだと、理解するまでにすこし間が必要だった。彼は作業台の前に立つと、アンが練りそこねた銀砂糖を手で作業台の端に寄せた。それから青色の銀砂糖を作業台の上に広げると、さらさらと撫《な》でる。続いて、冷水をそこに加える。手の動きは素早《すばや》く、軽く、まるで銀砂糖を撫でているようにしか見えない。だがその手の下で銀砂糖がまとまり、艶《つや》を帯び、滑《なめ》らかになる。それが瞬き、一つ二つの間だ。

「我は、簡単にできるのじゃ」

作業台から手を引くと、銀砂糖妖精筆頭は目を細め、口の端《はし》を引きあげて、銀砂糖を見おろしながら呟《つぶや》く。つやつやと滑らかな、輝《かがや》きを帯びる深い青色の銀砂糖は、それだけでうっとりするほどに美しい練りあがりだった。深海の水を形あるものに変え、丸めたかのようだ。

銀砂糖の艶やかさと、その技《わざ》を目の当たりにすると、彼の不真面目な態度に膨れあがっていた怒りが、砕《くだ》かれるように消え散っていた。とてつもないものを突きつけられてしまったら、もう、怒っていられなかった。

「やっぱり、神様……？」

思わず声が漏《も》れると、赤い瞳が驚《おどろ》いたようにアンをふり返った。

「なんと申したのじゃ？　そなた」

アンの言葉のなにに、それほど驚愕《きょうがく》したのか。急激に、彼の恐ろしげな気配がしぼんでいた。

「わたしには、神様みたいに思えます。人間でも、妖精でも、こんなに瞬《また》く間に銀砂糖を練るなんてあり得ない」

「神……？　自分の基準で信じられぬことをする者を、人間は『神』とよぶのかの？」

「いいえ。神様って普通、唯一《ゆいいつ》の存在です。国教会に祀《まつ》られていて、わたしたち人間を守ってくれる存在で形はありません。でもわたしは昔からよく、神様だねって言って……」

そこまで喋《しゃべ》ってから、自分の間違《まちが》いに気がつく。昔から「神様」と頻繁《ひんぱん》に口にしていたのは、母親のエマだ。

銀砂糖妖精筆頭の存在を、神様のようだとアンは思ってしまったが、普通ならば「砂糖菓子の守護聖人」という思考に辿《たど》り着くはずだ。国教会の休日学校で教えられる概念《がいねん》では、神は唯一無二のもので、それを取り巻く様々な偉大《いだい》な存在は、守護聖人という存在なのだ。

けれどエマはよく、「神様だね」と言っていた。エマの感覚が独特だったのだろう。彼女は自分の理解しきれない、けれど偉大な力を持つすべてのものを神様だと言っていた。

肥沃《ひよく》な土地を民《たみ》に授《さず》ける川は、神様だね。生きとし生けるものに暖かさをくれる太陽は、神様だね。わたしたちに幸運を授けてくれる砂糖林檎は、神様だね。彼女は、何でもかんでも神様にした。

「わたしじゃなくて、ママがいつも言ってたんです。神様って。色々な、偉大なものに対して。だからわたしも、あなたが神様みたいに思えました」

何度か、銀砂糖妖精《ようせい》筆頭は目を瞬く。じっとアンを見つめ、不思議そうに小首を傾《かし》げる。

——なんだろう？　そんなこと、言われたことがないの？　それとも昔、誰《だれ》かに言われて不可解だったから、今訊《き》くの？

銀砂糖妖精筆頭の目に、わずかに好奇心《こうきしん》がある。それに気がついて、はっとする。

——変わった。変化、した。

一つの変化が見えた。そしてそれは小さな希望となって、アンの中に灯《とも》る。銀砂糖妖精筆頭に必要なものを作るとアンは闇雲《やみくも》に約束してしまったが、今、やっと自分がやるべきことがわかった気がした。

——この人は、独りぼっちだ……。

ようやくそのことに気がつく。妖精が誰一人訪ねてこなくなり、彼はこの奇妙《きみよう》な世界の境界を開き続けていたと言った。彼にそうさせたのは、彼のどんな思いだろう。

目の前にいる銀砂糖妖精の姿を上から下までまじまじと見つめる。銀の髪《かみ》と赤い瞳と、赤いきらめきを纏《まと》う銀の羽。古風なローブに、素足《すあし》。

——この人は全能だけど、どこか寒々しい。無気力なのは、そのせいだ。

この妖精が欲《ほっ》しているものは、どうやったら見つかるだろうか。

——もしわたしが、この人を大好きだとしたらと考えたら？

それがもっとも、正しい考え方かもしれない。目の前の彼の幸福のみを思い、彼に必要なものを必死で考える。もし彼がシャルだったら、アンは彼になにをあげたいだろうか。

改めて彼の姿を見つめる。

——裸足《はだし》。

彼の素足が草を踏《ふ》んでいるのが、とても寒そうに思える。ここは暑くもなく、寒くもない。下草もまるで絨毯《じゅうたん》のように柔《やわ》らかく、青く、足を汚《けが》すものは見あたらないし、足を傷つけるものもない。裸足でかまわないのだ。

——けれど、どうしてだろう。それがとても寒くて、寂《さび》しく思える。

もしアンがこの人の恋人《こいびと》でこの人に贈《おく》り物を贈るのならば、真っ先に靴《くつ》を贈る。靴を履《は》けば、その寒さと寂しさが和《やわ》らぐ気がした。

——でもなんでそんな気がするのかな？

様々に思考が頭の中を廻《めぐ》り、ゆっくりと形になる。

——ああ、そうか。

ようやく、すこしだけアンは自分の感じたものを理解する。そしてアンは赤い瞳を真っ直《す》ぐに見あげて告げた。

「わたしは、怪我《けが》をしたせいで砂糖菓子《がし》の技術をなくしました。今やっと、集中して細心の注意を払《はら》えば、小さな砂糖菓子ひとつ程度が作れるようになっています。今失敗したのは、集中出来なくて、注意を怠《おこた》ったからです。その程度なんです、今のわたしは。でもわたしは、あなたに必要なものを作れると思います。だから協力してください」

「協力とな？　そなたが作るのではないのかのぉ。約束が違《ちが》わぬか？」

「わたしが作ります。でもわたしが未熟なところを、教えてください。わたしは、あなたの教えに従って、あなたに必要なものを作ります。わたしが作ることに変わりはないです」

「我は、騙《だま》されている気もするがのぉ」

「いいえ。だって、あなたはあなたに必要なものを、わかってないのだから。わたしが作るしかないんです」

筆頭はふむと顎《あご》を撫でて、しばし考えるそぶりだった。しかしにっと笑うと、頷《うなず》く。

「よかろう。そなたが我の欲するものを作れば、そなたが我の知らぬことを知っているという、証《あかし》になるじゃろう。さすれば砂糖林檎はやろう。しかし、そなたの作るものが我の欲するものでなければ、やはり我の知らぬことなぞないのじゃから、砂糖林檎《りんご》はやらぬ。さらにそなたは、我に手間を取らせた代償《だいしょう》を支払《しはら》うのじゃ。よいかや？」

「代償ってなんですか？」

「我とともに、二人、命が尽《つ》きるまで永久にここで過ごすのじゃ」

二人のやりとりを黙《だま》って見守っていたシャルが、顔色を変えて腰《こし》を浮《う》かせた。

「貴様、なにを言っている？」

アンも目を見開く。

――永久に、ここで？

その意味は、なんだろうか。命を取られるわけではない。しかしこの空《むな》しくて美しい場所に命尽きるまでいろというのは、ややわやとした悪夢の中で一生涯《いっしょうがい》過ごせと言われている気がした。それはルルが過ごした五百年の虜囚《りょしゅう》の生活よりも、さらに過酷《かこく》だろう。ここには風も吹《ふ》かないし、生き物の気配もない。ここに存在するのは、アンとこの赤い瞳《ひとみ》の妖精だけ。それはどれほど寂しく、空しいだろうか。

咄嗟《とっさ》に「いやだ」と思ったが、次の瞬間《しゅんかん》あることに気がついた。

――この人はこの場所に三千年？

自分が生涯この場所で過ごすと想像してはじめて、銀砂糖妖精筆頭の過ごした三千年がすこしわかる気がした。そしてこの赤い瞳がどうしてこんなに、神々《こうごう》しくて子供っぽく、しかも無気力であるのかをぼんやりと理解する。

垣間見《かいまみ》えたものを頼《たよ》りに、アンは進まなくてはならない。職人たちと妖精たちが、今、アンの目の前にあるものを待っている。そのために祈《いの》っているのだ。

「わかりました」

静かに応じたアンに、シャルが駆《か》け寄る。

「アン!?」

そしてアンの肩《かた》を引き寄せると、無理矢理《むりやり》自分の背後に押しやり、銀砂糖妖精筆頭と対峙《たいじ》する。

「貴様は、なぜそんな要求をする」

「そなたらが要求するからじゃ。我も同様に要求する」

「なぜ、こいつだ!?」

「ほほぉ」

銀砂糖妖精筆頭は、意地悪げに口元を歪《ゆが》めて笑う。

「不完全なる妖精王よ。そなたは、この人間の小娘《こむすめ》に懸想《けそう》しておるのかのぉ」

「恋人だ」

守ろうとするかのように迷いなく告げるシャルに、筆頭はさらに笑《え》みを深くする。

「それならばわかろう。この小娘を、我が欲しがる気持ちがのぉ。久々に、興味が湧《わ》くのじゃ。この小娘にの。この小娘が我のものになれば、そなたはこの場所から放《ほう》り出してくれるぞ。残念じゃがな、そなたもまとめてここに置いてやる気はさらさらないぞ」

歯を食いしばるシャルの腕《うで》に、アンは背後からそっと触《ふ》れた。

「シャル。大丈夫《だいじょうぶ》、わたしはちゃんと砂糖林檎を手に入れるから」

「手に入れられなければ、おまえはここに永久に閉じこめられるんだ。わかっているか？」

「うん。でもわたしが砂糖林檎を手に入れられなければ、砂糖菓子が地上から消える。そうなればわたしの命の半分が消えたのと同じ。職人たちだって、みんなそう。妖精たちの未来だって、真っ暗になっちゃう。そんな場所に、わたしは大きな顔して戻《もど》れない」

「……俺は」

シャルはふり返らず、ただ呻《うめ》くように問う。

「おまえがここに閉じこめられるならば、俺はどうすればいい」

「シャルは……」

息が続く限り離《はな》れまいと誓《ちか》ったのに、押し寄せてくるものたちがそれを許してくれない。ここに来てさらに、寿命《じゅみょう》の差なんて、これっぽっちも問題にならないのだと改めて思う。

もしアンがここに命尽きるまで閉じこめられるのならば、シャルはまるで墓守《はかもり》のように、この水面《みなも》を眺《なが》めながら、会えないアンを思って時を過ごすのだろうか。

——そんな残酷《ざんこく》なことは嫌《いや》。

相手が死んでしまったのならば、あきらめもつく。今までの幸せな時間を思い返し、微笑《ほほえ》む日が来るかも知れない。だがそこにいることを知っていながら会えない、触れられないのは拷《ごう》問《もん》だ。過去の思い出など、今まさに積み重ねられていたかも知れない一緒《いっしょ》の時間を想像する、その苦痛で消し飛ぶ。笑える時など来ることはない。

だったら、シャルにそんな思いをさせないために、自分はやり遂《と》げるしかない。

「大丈夫。シャル。わたしは、砂糖林檎を手に入れる。わたしは、……確信がある」

この時点で、この言葉は嘘《うそ》だった。その嘘に、胸の奥がずきりと痛む。

「確信があるのは、本当か？　自信があるのか？　職人として」

「うん。本当」

シャルはしばし沈黙《ちんもく》し、それから息をついて肩の力を抜《ぬ》く。

「おまえの職人としての自信を、信じよう」

ゆっくりとふり向き、シャルはアンの頰《ほお》に手を添《そ》えた。ひやりと冷たい手は、相変わらず心《ここ》地《ち》よい。黒い瞳は真っ直ぐで、アンの言葉を疑いなく信じてくれようとしている。真摯《しんし》な妖精《ようせい》王だ。

だが自分はそんな彼に、とてつもない嘘をついているのかも知れない。自信なんてかけらもないし、確信なんてさっぱりない。だが銀砂糖妖精筆頭を納得《なっとく》させられない限り、ここまで背負ってきたたくさんの願いに応《こた》えることはできない。

──もし最初の銀砂糖が手に入らなかったら……。

頰に触れた手に、アンは手を重ねた。

──わたしはここに永久に閉じこめられる前に、死ななくちゃならないかも。

シャルに、会えないアンを思いながらうつろな瞳で、墓守のように水面を見つめ続けることなどさせたくない。それくらいならば、いっそ死んだアンを思いながらも、過去の思い出に浸って微笑む瞬間があった方がいい。寿命など、たいした差ではないのだ。だったら先にこの世から消えるアンが、早々に消えたところで同じだ。思い出は、シャルの中に残ってくれる。

　だが。

「絶対に銀砂糖は、手に入れる」

　けして諦《あきら》めるつもりはない。

　銀砂糖妖精筆頭の赤い瞳の中に見つけた、あるかなきかの、希望の灯火《ともしび》。アンはそれにすがる決意をしている。そもそも失敗など、考えてはいけないはずなのだ。アンとシャルが成功することを祈り、職人たちが祈りを捧《ささ》げるように、仕事をはじめているはずなのだから。

「大丈夫」

　強い決意とともに、アンはシャルの瞳を真っ直ぐ見つめる。

　──わたしは、嘘をついたんじゃない。銀砂糖を手に入れたならば、わたしの言葉はひとつも嘘じゃなくなる。

　シャルが身をかがめ、口づけた。

「やれ。銀砂糖師。おまえの仕事をしろ」

　唇《くちびる》を離すと、シャルが囁《ささや》く。その言葉に頷《うなず》き返す。

　──わたしは、嘘つきになりたくない。

銀砂糖妖精筆頭は物珍《ものめずら》しそうに二人の様子を眺めていたが、口づけを交《か》わしたのを目にするとあからさまに嫌な顔をして腕組《うでぐ》みする。

「なんとなく、腹が立つのぉ。なんじゃい、このいやな感じは」

シャルはふっと笑うと、見せつけるように片腕でアンの腰を引き寄せ、もう一方の手でドレスの衿《えり》ぐりから覗《のぞ》く鎖骨《さこつ》を撫《な》でた。

「俺の恋人《こいびと》だ。不埒《ふらち》な真似《まね》は許さないぞ、筆頭」

「無理強《むりじ》いなどせぬから安心しやれ」

「ここでは、全能だろう。おかしな術をかけて、こいつの気持ちを乱すような卑怯《ひきょう》もするな」

「まことに残念ながら、この場所で全能の我にも不可能なことがある。他人の思いを変えることは、できぬのじゃ。それができれば、我も……」

と、言いかけて、銀砂糖妖精筆頭は口をつぐんだ。そして気分を変えようとするかのように首を軽く回すと、さて、とアンに目を向ける。

「して、なにをするのかや？　娘」

「わたしの練りを、見てください。練ったものを、あなたがどう思うか」

「よかろう」

しゃんとアンが背筋を伸《の》ばして答えると、それを合図にしたように、シャルはアンの傍《かたわ》らを離れて砂糖林檎《りんご》の木の根元へと戻っていった。

アンは銀砂糖妖精筆頭と向き合い、改めて赤い瞳《ひとみ》を見あげる。

——やっぱり、違《ちが》う。変わってる。

彼の瞳は、彼と出会った瞬間《しゅんかん》と違う。すこしだけ、あるかなきかの輝《かがや》きが、瞳の奥に潜《ひそ》んでいるような気がする。それがアンがすがる、唯一《ゆいいつ》の希望だ。

——瞬《まばた》きの数と、指先の動き。

呼吸を整えると、アンは銀砂糖を作業台の上へ広げた。ルビーを砕《くだ》いて粉にしたような、輝きを秘《ひ》めた赤い色彩《しきさい》がさっと広がると、それを指先で軽く混ぜ合わせた。

それから冷水を加える。自分の瞬きの数を落ち着いて数えながら、十本の指先で大きく8の字を描《えが》くように、冷水と銀砂糖を混ぜ合わせた。均等に冷水が混ざると、掌《てのひら》で一気に練り込む。その間も、瞬きの数を数えること、そしてその数と指先の動きを合わせることだけに集中する。関節一本分、指が長くなったような感覚に、思わず口元に笑みが浮《う》かぶ。この感触《かんしょく》は、ぶれのない工程をこなせているという証拠《しょうこ》。

「ほう、ほう」

銀砂糖妖精筆頭は、目を細める。

「どうした、人が変わったようじゃな。なかなかに、良い練りじゃ」

彼の評価にほっと息をつきながらも、今度は黄色の銀砂糖を作業台の上に広げて練る。練り終えると、今度は白の銀砂糖を練る。白、赤、黄、青。それぞれの色が練りあがると、筆頭に目を移す。彼の姿を上から下まで眺めて、頷く。

「なんじゃの？」

「作りたいものの形が、よく分かったんです。だから教えてください。わたし、銀砂糖の糸を紡《つむ》ぐ技術は取り戻しています。あと必要なのは、それを織ったり編んだりする技術です。それを見せてください。あ、でも……すこしゆっくりと。わたしの目では、あなたの手の動きを追えません」

「あたりまえじゃ、追えてたまるかや」

言いながら筆頭は、作業台の隣《となり》の空間を軽く撫でるような仕草をした。するときらきらと赤っぽい輝きの光が周囲から集まり、そこに、銀砂糖の糸を織る道具が出現する。その様は、シャルが剣《けん》を作り出すのによく似ていた。

次に彼は、右掌を左掌で軽く撫でる。するとさっきと同じ光が寄り集まり、右掌に銀砂糖の糸を紡ぐためのはずみ車が出現する。

筆頭は練り上がった白の銀砂糖を一掴《ひとつか》み握《にぎ》ると、左手の中で軽く数度転がし、もう一方の手にあるはずみ車に近づける。彼の指が微《かす》かに動いたと思った直後、はずみ車は彼の手を離れ、宙に放《ほう》り出され、くるくる回転していた。芯《しん》にはいつのまにか銀砂糖の糸が絡《から》みついており、それが見る見る芯に巻かれて、するすると紡ぎ出される。やはりアンの目では、彼の動きが追えない。

「あの……」

この調子でやられたら、なにも捉《とら》えられない。声をかけようとすると、筆頭は煩《うるさ》げにちらっとアンを見やる。

「黙《だま》って見ておれ。人間というのは、どいつもこいつも、せっかち者じゃわい。それとも、そなたとあの小娘だけが特別そうなのかや？」

アンは首を傾《かし》げた。

——あの小娘《こむすめ》？

確かに彼は、そう言った。この場所に三千年住んでいるという妖精は、アンの前に誰《だれ》か、小娘と呼びたくなるような人間に出会ったことがあるのだろうか。

筆頭は瞬く間に銀砂糖の糸を紡ぎ終えると、するすると織機《おりき》に近づく。アンは慌《あわ》てて彼を追い、織機の傍らに立つ。銀砂糖妖精は、今度はゆっくりと手を動かす。

「素早《すばや》く。慎重《しんちょう》に。呼吸はするでない」

銀砂糖の糸を織機に掛《か》け渡《わた》しながら、筆頭が呟《つぶや》く。意外にもそれは指導の言葉だ。しかも彼の手の動きは、アンの目で追える。指の腹を上に向け、そこにそっと銀砂糖の糸を載《の》せるようにして扱《あつか》う。それを織機の上から、置くようにして掛け渡す。最初は一方の端《はし》を織機に置き、ふんわりと、二、三度瞬《まばた》きすると、今度は逆側の端を置く。

その仕草は、まるで教師だ。伝えることを大切にして、相手の理解を助けようとしているのだ。それは彼が意識しているものなのか、それとも、単純に癖《くせ》なのか。

彼は妖精《ようせい》たちが、いろいろと教えろと煩かったと言っていた。彼は、職人ではなく指導者だったのだろう。人間の砂糖菓子《がし》職人の師匠《ししょう》のように、見て自ら盗《ぬす》めと叱責《しっせき》する厳しさがないのは、そのためかもしれない。

——作業のタイミングや動きが、すごくよくわかる。

作業の工程のタイミングを、アンは瞬きで計っている。それをまるで知っているかのように、筆頭の動きはアンの理解力と、瞬きの数に合わせてくれているようだ。乾《かわ》いた場所に的確に水が落とされ、それがすっと染《し》みこんでいくのに似て、一度見ただけなのに、その動きがしっかりと頭の中に残る。

人間の砂糖菓子職人の師匠なら、甘いと叱責されそうなほど、彼の指導は親切だ。そのことが驚《おどろ》きだった。だが同時に、彼のこの有様を目の当《ま》たりにして、自分が砂糖菓子で形にしようとしていたものは間違《まちが》っていないと思う。

筆頭は織機に糸を通し、動かす。縦糸が一斉《いっせい》に、互《たが》い違いに上下し、その隙間《すきま》に横糸がゆっくりと通される。それが繰《く》り返され、純白の、透《す》けるようなきらめきの銀砂糖の平面が織りあがっていく。

筆頭の見せるその動きがよどみなくアンの中に流れ込み染みこみ、いても立ってもいられなくなり身を乗り出す。

「やらせてください！」

なくした技術を取り戻《もど》せると、確信めいたものを感じていた。エリオットとヒュー、ルルに、アンは指導を受けた。だがこれほど、魔法《まほう》のように自分の中に染みこんでくるなにかがあるという感覚は、はじめてだった。

にやりと、赤い瞳が笑う。

「やってみるが良い」

頷くのももどかしくて、アンは作業台の上に広げていた自分の道具入れに向かった。自分の手に馴染《なじ》むように作られた切り出しナイフやヘラが並ぶ中に、新しく加わっているのははずみ車だ。それを取り出すと、練り上がった銀砂糖に手を伸ばす。

なめらかに、銀の輝きを帯びる純白の銀砂糖を一握《ひとにぎ》り手の中に握りこむと、そこから細い一筋をこよりのように縒《よ》り出して、はずみ車に巻きつける。ふっと呼吸を整えてから、勢いを付けてはずみ車を宙に放して回転させる。

するすると、指先から滑《すべ》り出るように銀砂糖の糸が紡がれる。

「ふむ。悪くないのぉ」

紡がれ続ける銀の糸を見つめ、筆頭は顎《あご》を撫《な》でる。

糸を紡ぎ終わると、早速《さっそく》、織機へ向かった。先刻、目に焼き付けた筆頭の動きと呼吸を覚えている間に、試《ため》したかった。

慎重に、しかしもたつかず。息は殺した。そっと織機へ縦糸となる銀砂糖の糸を掛け渡すと、織機を動かす。一斉に、糸が震《ふる》えるように上下する。そこへ横糸となる銀砂糖の糸を通す。

――できてる。

手順を繰り返すことが、苦ではなかった。しっかりと、ぶれようがないほど的確に、筆頭はアンの頭の中に手順を染みこませてくれている。

一面の銀砂糖の平面が織り上がると、うっとりとそれを見おろしていた。

上から降ってくる、揺《ゆ》らめく光は夕暮れの色になっている。オレンジ色の、秋の夕暮れの光が銀の輝きを帯びる真っ白な平面に落ちていて、その平面を通過し、下草の上に細かな光の砂のように落ちて輝いていた。

まるで奇跡《きせき》を体験しているようだった。こんな指導者が存在し、自分がこうやって技術を身につけることができるというのが信じられない。彼は妖精でありながら、その過ごしてきた年月の積み重ねで、本当に神に近い者になってしまっているのだろう。

織機の縁《ふち》に手を添《そ》えてしばらくぼんやりしていたが、指先が、なにかの凹凸《おうとつ》に触《ふ》れる。指先を見ると、織機の枠《わく》に模様が彫《ほ》り込んである。砂糖林檎《りんご》の花を模した模様は、素朴《そぼく》で、愛らしい。その模様を、アンは知っている。

「これ……」

なんだったろうかと首をひねる。

「さて、そなたはもう不足の技術はないのかの？　ないのであれば、早々に我に見せるがよかろう。そなたの言う、我が欲《ほっ》するものを。それとも我に恐《おそ》れ入って、さきほどの無礼な発言の数々は撤回《てっかい》するかや？　撤回して謝っても、許してはやらぬがな。そなたはここで永久に過ごすが良い」

「いえ！　作ります！」

飛びあがると、アンは慌てて作業台に向かった。

筆頭はせっかちとアンのことを評したが、筆頭もそれほど気が長い方ではないのだろう。

作業台を前に、アンは今一度気持ちを落ち着ける。できるのだと自分に言い聞かせ、そして銀砂糖に手を伸《の》ばす。

背中に、心配そうなシャルの視線を感じる。

白と青の銀砂糖に手を伸ばし、色を混ぜ合わせる。輝《かがや》くような、春の空のような薄青《うすあお》い色を作り出す。それをはずみ車で糸にして、織る。織り上がった平面を作業台に移して、切り出す。

銀砂糖妖精筆頭は、もの珍《めずら》しげに、ずっとアンの傍《かたわ》らにいて、その手の動きを追っていた。

まるでお気に入りの花を花瓶《かびん》に挿《さ》して眺《なが》めているような筆頭の態度を、シャルは眉根《まゆね》を寄せ、警戒《けいかい》するようにじっと見つめていた。

最初の砂糖林檎の木の、銀灰色《ぎんかいしょく》の太い幹に背を預け、シャルは腕組《うでぐ》みしてアンと銀砂糖妖精筆頭の様子を眺めていた。アンの瞳《ひとみ》はきらきらして、喜びに興奮しているのがわかる。実際、彼女が銀砂糖の糸を紡《つむ》ぐ手つきを見たとき、シャルは息を呑《の》んだ。彼女の手の動きは以前と変わりなく、ことによると以前よりも無駄《むだ》なく動いている。それが銀砂糖妖精筆頭の指導の成果なのは、明らかだ。

――あいつは間違いなく、銀砂糖妖精たちの筆頭だろう。そして砂糖菓子を創造した、砂糖林檎の木そのものと言えるかもしれない。

妖精たちには、それぞれ特殊《とくしゅ》な能力がある。その能力は生まれ出た物の特性に依存《いぞん》する。筆頭がこの最初の砂糖林檎の木から生まれたというのならば、彼はこの世にある全《すべ》ての砂糖林檎の木、そのものを一身に体現する存在。

計り知れない能力がある。だからこそ彼は三千年も生き続け、そして妖精王すらも小馬鹿《こばか》にし、ないがしろにする。

しかしその妖精が、アンを欲しいと言った。なぜだろうか。

彼女の隣《となり》に立ちその指先を見つめる筆頭の赤い瞳に、いやな予感がする。

アンは砂糖菓子に、ひいては銀砂糖に、砂糖林檎に、自分の全てをかけて生きている。彼女のように全身全霊《ぜんしんぜんれい》を真摯《しんし》に捧《ささ》げられたら、砂糖林檎の木は、彼女を愛さずにはいられないのではないか。そして砂糖林檎の木そのものである筆頭は、砂糖林檎の木々の思いに敏感《びんかん》に影響《えいきょう》され、彼女が欲しくなるのではないか。それは恋《こい》と似ていないだろうか。

——計り知れない力をも持つ者が、恋をする。

絶対的な力を持つ者は、恋しい者を諦《あきら》めるだろうか。力があり全てを思い通りにできるがゆえに、諦めることを知らない可能性がある。もしそうだとしたら、シャルとアンは、とてつもなく厄介《やっかい》なことになる。

——どうする。この場所では、俺は無力だ。

六章　過去の王との邂逅《かいこう》

ゆらゆらと揺れる夕日のオレンジ色は、瞬《また》く間に藍色《あいいろ》の薄暗《うすぐら》さに変化していく。手元が見えづらくなってアンは顔をあげた。

筆頭は心得たように、両手を真上にさしのばすと、ゆっくりと左右へ、空を撫でるような仕草をした。すると周囲の砂糖林檎の枝先、葉先、下草の葉先に、一斉《いっせい》に小さな白い明かりが光る。それは麦粒《むぎつぶ》のように小さな無数の蛍《ほたる》が出現したようで、空間全体がぼんやりと輝く。

「わぁ、綺麗《きれい》」

思わず呟《つぶや》くと、筆頭はどうだと言わんばかりの自慢《じまん》げな顔で胸を反らす。

「恐れ入ったか、小娘《こむすめ》。綺麗じゃろう？」

わずかに微笑《ほほえ》みながら威張《いば》る様子は子供っぽく、アンの気は緩《ゆる》む。

「本当に綺麗です。綺麗なものを作るのが、得意なんですね」

「我は、綺麗なものが好きじゃ。じゃから砂糖菓子《がし》を作った」

「わたしも、好きです」

言いながらアンは、再び作業台に目を落とす。そして今度は次々と、白と赤、白と黄、黄と青、様々な色を混ぜ合わせ、淡《あわ》い色の銀砂糖を練り、それをまた糸に紡《つむ》ぐ。面にして、切り出す。

「何を作るつもりじゃな？」

アンはただ微笑で答えた。答えを先に教えては、楽しみがない。その微笑みに、筆頭はにやにやする。どんなものを作るつもりなのかと、面白《おもしろ》がっているのだろう。

――ルルは、想像しろって言ってた。

アンは作業台の上に両手をかざして、そこに望む形を想像した。

――履《は》き物を作りたい。この人の姿に似合う、靴《くつ》。

寒々しくて寂《さび》しいと思ってしまうその足に似合うような、靴をあげたい。別にそれを履けと言っているわけではなくて、それを捧げて彼に告げたいことがあったのだ。

見えない作品の姿を作業台の上でなぞるように、ゆっくりと手を動かす。なにもない場所で、想像した形に沿うように。

――古風なローブに似合うものがいい。色は、髪《かみ》の色にも似合う薄い青で。華奢《きやしや》な造り。

薄青《うすあお》い銀砂糖は細長く切り出し、つなげる。薄青色の紐《ひも》が幾重《いくえ》にも不規則に重ね合わされ、足を包む形を作る。重ね合わされた色は、それ自体が光を透《す》かす。

――飾《かざ》りは、神秘的で華《はな》やかに。

練りあげていた淡いとりどりの色は、虹《にじ》が溶《と》け出したような色合いに見えるように重ねていく。薔薇《ばら》に似ているが、それよりもすこし花弁が外に開いた、見たこともない虹色の小さな花だ。最後に、真っ赤な小さな粒《つぶ》をたくさん作ると、花の中心に仕上げに散らす。

筆頭の印象から作り上げた想像上の花は、神様のような存在の彼にはふさわしい。

薄い夕暮れの闇《やみ》は暗さを増し、外からの光は消えた。アンを包むのは、筆頭が作り出した白い無数の光だけだ。そのぼんやりした白い光に照らし出された形を確認《かくにん》して、アンはほっと息をつく。

——思い描《えが》いた形。

手を止めると、筆頭が訝《いぶか》しげに問う。

「それは？　できたのか？」

「はい」

アンが頷《うなず》いたのを見て、シャルがゆっくりとこちらにやってくる。その表情が、やけに険しいのが、アンはすこし気になった。

「それが、我が欲するものか？」

「ええ。履き物です」

アンが両手にそっと捧げ持って差し出した砂糖菓子は、古風なサンダルだった。

薄青の細い紐が幾重にも不規則に、足の甲《こう》と踵《かかと》を覆《おお》っている。甲を覆うその細いベルトの上には、薄ピンク、薄緑、薄黄と、様々な淡い色の花びらを組み合わせて、まるで虹が溶け出して一つの花になったような花飾り。その花飾りは甲を覆い、花の中心には砂糖林檎《りんご》のような真っ赤につやつやとした粒が光る。薄く、光が透ける花は幻《まぼろし》のように輪郭《りんかく》が曖昧《あいまい》だ。そのふんわりとした、しかし様々な色を溶かした中に光る赤は、花の中にあるのに、砂糖林檎の赤だと思わせる。実在しない花で彩《いろど》られた、美しいサンダルだ。

筆頭は目をくりくりさせた。

「なんじゃ？　我にこれを履けと？」

「いくらなんでも、そんなこと言いません」

苦笑《くしょう》して、アンは赤い瞳を見あげる。

「履けとは言いません。けれどあなたは、裸足《はだし》なんです」

筆頭は不思議そうに自分の足元を見やり、首を傾《かし》げる。自分が裸足だということに、今まで気がつかなかった、というか頓着《とんちゃく》したことがないのだろう。この世界にいる限り、裸足で怪我《けが》をする事はないのだから。

だからアンは、履き物を作った。筆頭の色彩《しきさい》と、身に纏《まと》うローブに映《は》える美しい履き物だ。けしてこれを履けというわけではない。ただ知って欲しかった。

「ここにいる限り、履き物は必要ないでしょう？　けれど外へ出るのには、必要です」

「なんと？」

「全能でも、あなたは独りぼっちだから寂しいんです。外へ出れば、寂しくないです。外へ行

けば妖精《ようせい》の仲間や人間や、虫や動物や、風の音や、いろんなものがあります」

彼はアンと会話し、彼女を教えることで、赤い瞳《ひとみ》にわずかに輝《かがや》きを取り戻《もど》していた。アンがすがったのは、その彼の変化だ。

彼は独りぼっちでこんなところにいるから、無気力になるし、すべてに飽《あ》きたと思ってしまう。けれどアンとのわずかな触《ふ》れあいでも、その瞳に変化があった。彼の中に気力が蘇《よみがえ》るならば、彼は砂糖菓子のことも考えてくれるようになるはずだ。彼が変化するには、こんな場所にいては駄目《だめ》なのだ。

あんなわずかな時間の触れあいで変化するものならば、もっとたくさんの人に出会い、笑い楽しみ、泣けたら、彼はきっと退屈《たいくつ》になどならないし、無気力にもならない。砂糖菓子のことにもきっと向き合って、真面目《まじめ》に考えてくれる。

たくさんのものに触れ、たくさんの人に触れれば、彼は楽しみを見いだすはずなのだ。

彼自身が自覚していないとしても、彼にとってそれが今一番必要なものなのだ。

彼は誰《だれ》も訪ねてこなくなったこの場所の境界を、数百年前に開いたと言っていたではないか。それは彼が無意識にでも、誰かを求めていた証拠《しょうこ》。

だから告げたかったのだ。外へ行こう、と。裸足では歩けない世界へ、行こうと。石ころもあるし、茨《いばら》の棘《とげ》もある。地面は固くて、けして裸足で歩けるほどやわやわとした平坦《へいたん》な安全な世界ではない。

けれどそこへ靴を履いて、歩み出して欲しい。

もし自分が彼の恋人《こいびと》なら、そう思う。

「一緒《いっしょ》に外へ行ってみませんか？」

「外へ……」

呆然《ぼうぜん》と、銀砂糖妖精筆頭はアンの手にあるものを見おろしていた。亡霊《ぼうれい》でも見たようなその表情には、驚愕《きょうがく》しかなかった。

この表情は、なんだろうか。今まで砂糖菓子を見て、こんな目をした人に出会ったことがない。砂糖菓子を見た人は、それが己《おのれ》が欲しいものであれば驚《おどろ》き喜ぶし、もし納得《なっとく》いかないならば、残念そうな目をして、それを作った職人を非難するように見つめてくる。

けれど彼はどちらでもない。その瞳には明らかな驚きがあるが、それは純粋《じゅんすい》な喜びではない。しかし納得していないのでもない。未知のものに出会ったかのように、驚いているのだ。

しばらくすると、彼の表情が変わった。眉《まゆ》をひそめ、彼は胸の中にある苦痛に耐《た》えきれなくなったように、ぎゅっとローブの胸の辺りを掴《つか》む。

「なぜ我が、出て行かねばならぬ……」

呻《うめ》くように、筆頭が歯の隙間《すきま》から絞《しぼ》り出す。まるで怒《おこ》っているようにも見えて、アンは戸惑《とまど》う。

「だってここには、風も吹《ふ》かない。虫もいない。動物もいない。誰もいない。ここにいる限りは独りぼっちです」

なにか、間違《まちが》っているのだろうか。不安が急激に膨《ふく》れあがる。その不安に追い打ちをかけるように、筆頭は強い口調で責めるように訊《き》く。

「なれば、誰ぞがここにいれば良いのではないかや？　さすれば一人ではないの？」

「一人じゃないです。けれどそれは二人ぽっちで、結局いつかは、二人ぽっちも寂しくなって」

ふいに、筆頭は笑った。

「しかし、今はそれでことが足りるであろう？　一人が二人になるのであれば、当面は寂しくないわけじゃ。外へ行く必要がないわけじゃ。我には必要ないわけじゃ。そうじゃな？」

なぜか薄ら笑いながら、けれど赤い瞳が痛みを堪《こら》えるような揺《ゆ》らめきを宿しながら、筆頭は矢継《やつ》ぎ早に持論をまくし立てた。

その様子になにを察したのか、こちらに向かっていたシャルが眉をつりあげ、足を速めた。

「アン！」

切迫《せっぱく》した声で呼ばれ、アンはシャルの方へふり返った。彼がこちらに向かって手を伸《の》ばそうとしていた。

「どうじゃ、違《ちが》うかや」

ずいと一歩筆頭が近寄ってきたので、その迫力《はくりょく》に片足を引く。脅《おど》かすように返事を求められ、アンは焦《あせ》って答える。

「仰《おっしゃ》るとおりかも、しれません。けれど……」

「『仰るとおり』と申したな？　我が正しいと、認めた。とならば、そなたは負けじゃ、娘《むすめ》！」

筆頭が右手を高く上げて勢いをつけて振《ふ》り下ろし、その指先を、駆《か》けてくるシャルの方へ真っ直《す》ぐ向けた。

なにかが起こる。それだけがわかった。アンはぎょっとして声をあげた。

「シャル!?」

「アン！」

シャルの指先がアンの肩《かた》にかかろうとした瞬間《しゅんかん》、彼の姿がかき消えた。

「シャル!?」

周囲を見回すが、彼の姿どころか気配もない。

──消えた。シャルが、消えちゃった。

砂糖菓子《がし》を抱《かか》えたまま、アンはその場にへなへなとくずおれた。

「心配するでない。どこぞへ放《ほう》り出しただけじゃわい。おい、抱えるでない。それが壊《こわ》れる」

慌《あわ》てたように筆頭はアンの手から砂糖菓子を取りあげた。

アンは、砂糖菓子を取りあげられたことに頓着出来ないほど呆然としていた。

──わたしは、間違った？　失敗した？

シャルが消えた空間をぼんやりと見つめていると、涙《なみだ》があふれそうになる。

──必要なものをあげられると思ったのは、間違いだった？

視界が滲《にじ》む。

──わたしは、最初の銀砂糖を持って帰ることができないの……？

シャルの顔、ミスリルの顔、ルルの顔、ノアの顔、その他《ほか》知っている妖精たちの顔が次々と目に浮《う》かぶ。銀砂糖子爵《ししやく》やキャット、キース、エリオット。職人たちの顔も、無数に思い出す。彼等の未来を、アンは守ることができなかったのだろうか。

不思議と涙は、瞳からこぼれ落ちなかった。ただ視界は滲み、そして胸の中にぽっかりと大きな空洞《くうどう》をあけられたみたいで、指先や足先までも怠《だる》くて、ただ呆然とした。

──わたしは失敗した。


エドモンド二世の執務《しつむ》室に早足で向かいながら、銀砂糖子爵ヒュー・マーキュリーは略式正装の上衣《うわぎ》のボタンを留め直し、マントのよれを直していた。

銀砂糖と職人たちは、ヒューの予想を上回って順調に集まっていた。そしていち早くルイストンに駆けつけた各派閥《はばつ》の長《おさ》と長代理のおかげで、各派閥ごとに混乱なく職人をまとめられている。今日にでも職人たちを集め、作業開始の号令をかけるつもりだった。

仕事の総指揮者であるヒューも、のんびり構えていられない。砂糖菓子を一つのまとまった作品にするためには、指揮者が的確に指示をする必要がある。

銀砂糖子爵であるヒューは、国王個人のためにしか砂糖菓子を作ってはならない。だから今回もけして自分では作れないのだ。だが職人たちが作ることを手助け出来る。

朝からあれこれと走り回っていたヒューの元に、国王から急に呼び出しがあった。作業の進捗《しんちょく》状況を報告せよとの命令で、言われてみれば確かに、この仕事に取りかかってから一度も報告に参上していないことに気がついた。

そこで慌てて着替《きが》えをし、王城にやって来たのだ。

──この時間のないときに。

そう思うが、逆に時間がないからこそ、国王陛下も焦り不安なのだろう。だから砂糖菓子の進捗状況なりとも聞いておきたくなるのだ。

執務室の前まで来る頃《ころ》には、どうにか身なりを取り繕《つくろ》うことができた。執務室の扉《とびら》に対面して、廊下《ろうか》を挟《はさ》んで置かれた椅子《いす》に座っている侍従《じじゅう》に軽く頭をさげると、扉の前に立つ。扉脇《とびらわき》に控《ひか》える衛士が、目玉だけでじろりとヒューの顔を確認《かくにん》し、銀砂糖子爵だとわかると、再び真っ直ぐ前に視線を戻《もど》す。

「銀砂糖子爵。参りました」

声をかけると、

「入りなさい」

答えたのは、コレット公爵《こうしゃく》の声だ。舌打ちしたい気分になる。ヒューはこの新しい後見人が、どうも好きになれない。入室すると、部屋の中央のテーブルにエドモンド二世、コレット公爵、そして黒々とした髭《ひげ》をたくわえた財務大臣のバイゴット伯爵《はくしゃく》がいる。

ヒューの姿を認めると、バイゴット伯爵が立ちあがる。

「では、わたしは失礼いたします。陛下。妖精《ようせい》商人の税率の件は、十五パーセントで手を打つということで、すすめさせます」

「あとは新たな妖精市場の拡大の候補地案も忘れるな」

「承知いたしております」

恰幅《かっぷく》のいいバイゴット伯爵はヒューに目礼だけして、室《へや》を後にした。それを目線で見送りながら、ヒューは眉をひそめる。

──妖精商人の税率が十五パーセント？　妖精市場の拡大だと？　ストーの奴《やつ》は、どんな魔《ま》法《ほう》を使った？

妖精商人ギルドが求める条件が王家にとって厳しすぎると、宮廷《きゅうてい》内ではもっぱらの評判だった。特にコレット公爵は難色を示し、一歩も引かない妖精商人ギルドと、交渉《こうしょう》は平行線だと聞いていた。

それがいきなり王家が折れた。

「どうした。マーキュリー」

エドモンド二世が、訝《いぶか》しげなヒューの表情に気づいたらしい。ヒューは視線を戻し、一礼してから答えた。

「申し訳ありません。妖精商人ギルドの話が聞こえてしまったので。彼等とのことに少々関《かか》わりましたから気になっただけです」

するとコレットが顔を伏《ふ》せ、ふっと微笑した。

――コレット公爵が、まさかストーと裏取引でもしたのか？　その見返りはなんなんだ？　ストーが持っている、コレット公爵が欲しがるもの？

嫌《いや》な予感がした。

「忙《いそが》しいとは承知していたが、状況を聞きたくて呼び出した。砂糖菓子の作業は順調か？」

「はい。各派閥の長と長代理がルイストンに集結し、職人たちも八割方集まっています。銀砂糖も同様に集まっています。作業は今日から本格的になります。各派閥に分かれ、それぞれ必要なものを作ります」

「どのくらいの日数をかけて作る？」

「七日です」

その答えに、コレット公爵が顔をあげる。

「計画を聞きましたが、あの規模のものを七日で仕上げるのですか？　いやに急ぎますね。可能ですか？」

「昼夜かまわず職人たちが働けば、可能だと思います。急ぐ必要はあります。この砂糖菓子は、最初の銀砂糖がもたらされることも望んで作るのですから、砂糖林檎《りんご》の実が熟《う》れきって落ちてしまうのに間に合わなければ意味がないのです」

「砂糖林檎の実は、いつまでもちますか？」

コレット公爵の発言にヒューは身構えた。

「わたしの見立てでは、ルイストンを含《ふく》めた南部で十日前後。北部でも、十五日前後でしょう」

「なるほど。では最初の銀砂糖は、いつまでに手に入れれば良いのですか？」

「八日後がぎりぎりです。だから砂糖菓子の完成を、七日後に決めました。少なくとも八日後に手に入れば……手に入った銀砂糖の量にもよりますが。ごく少量であれば、ルイストン近郊《きんこう》の砂糖林檎、少なくとも王家の砂糖林檎は精製出来るでしょう。銀砂糖の精製には二日かかりますから、うまくすれば南部の砂糖林檎の一部、北部の砂糖林檎は銀砂糖に精製出来ます。しかしそれを過ぎれば、今年の銀砂糖は精製不可能でしょう」

エドモンド二世は深いため息をつき、丸テーブルの中央に置かれた白い石板を見やる。

「妖精王ははたして、あと八日で全《すべ》てを片付け、銀砂糖を余の元に届けるだろうか」

それは質問ではなく、独り言だった。ヒューは真っ直ぐ、国王を見据《みす》える。

「そのために我々は仕事をしています、陛下。成功を祈《いの》り、幸福を招くために」

強い言葉に、エドモンド二世は顔をあげ微笑した。

「そうであったな。下がるが良い、マーキュリー。忙しいところ手間を取らせた」

納得《なっとく》したように頷《うなず》きながらも、エドモンド二世の目から不安は消えていない。シャルとアンが旅立ってしまうと、ただ待つばかりで、不安が大きくなるのは当然だ。ヒューとて、不安だ。

一礼して退出し、再び仕事に戻るため早足に廊下を歩んでいると、

「銀砂糖子爵」

背後からコレット公爵に呼び止められ、足を止めた。ふり返るとコレット公爵が、濃紺《のうこん》の上衣の裾《すそ》をひらめかせて早足で近づいてくる。彼も執務室を退出し、急ぎヒューを追って来たらしい。

「なにか御用《ごよう》ですか？」

コレット公爵はヒューの隣《となり》に立つと、そっと絹糸のような細い声で告げた。

「今の仕事を誰《だれ》かに代わらせて、ともに来なさい」

なにを言いだしたのかと訝《いぶか》しみ、ヒューは眉《まゆ》をひそめてコレット公爵を見返す。

「どういう意味でしょうか」

「妖精王が確実に最初の銀砂糖を手に入れるとは、保証されていません。ですから、わたしは最初の砂糖林檎の木があるおおよその場所を突《つ》き止めたのです」

「突き止めたのですか？　いったいどうやって」

「情報です。情報を元に網《あみ》を張りました。妖精王がこの一年の間に遠出をした場所。それを調べだし、要所要所に待ち伏《ぶ》せさせました。ブラディ街道《かいどう》、ノックスベリー、ノーザンブロー、ウェストル、ビルセス山脈。最も確率が高かったのは、ビルセス山脈で。これに関しては彼等は、その旅先を周囲に極力伏せていた節がある」

情報。その言葉で、ぴんとくる。妖精商人ギルドが使った魔法の正体だ。妖精商人ギルドは王国全土で統一された組織なので、情報がまとまりやすい。彼等は情報収集力に長《た》けている。

さすがに狼《おおかみ》かと、内心舌打ちしたいような称賛《しょうさん》したいような気持ちになる。

「妖精王はビルセス山脈の、ある場所にいます。既《すで》に、配下の者たちを向かわせています。あなたも追ってそこへ向かいなさい。そしてそこで最初の砂糖林檎の木から、銀砂糖を精製するのです。あなたは銀砂糖子爵《ししゃく》なのだから、最初の銀砂糖が手に入れば文句はないはずですね。確実に最初の銀砂糖が手に入ります」

「しかし陛下と妖精王の誓約《せいやく》はどうなりますか?」

「砂糖菓子《がし》の存続と誓約、どちらが大切でしょうか? あなたにとって」

「砂糖菓子ですね」

あっさり認めると、肩《かた》をすくめる。

「では確実に砂糖菓子が存続する道を選びますね? 陛下が不愉快《ふゆかい》な思いをなされぬように、誓約についてはわたしがなんとかいたします」

適当な理由を付けてつじつまを合わせ、妖精王とエドモンド二世の誓約をなきものにしようというのだろう。

──誓約なんぞ、俺にとってはどうでもいい。

それが正直なところだ。ヒューが望むのは、砂糖菓子の存続だけだ。だが。

──妖精の裏をかいて、果たして、最初の銀砂糖は手に入るのか？

ヒューは銀砂糖妖精ルルのことを、よく知っている。彼女は無力なふりをしているが、実際は六百年生きた者の知恵《ちえ》を持っている。その彼女が隠《かく》し続けていた最初の砂糖林檎の木という存在。ルルでさえその定《さだ》かな所在がわからない。人間は五百年間その存在に気がつきもしなかった。

そんなものを、妖精の裏をかいて手に入れようとしてうまくいくとは思えない。逆に妖精たちの信頼《しんらい》を失えば、砂糖菓子を永久に失うことになるはず。

「公爵。わたしは銀砂糖子爵です」

ヒューは微笑し、真っ直《す》ぐコレットを見やる。

「銀砂糖子爵として、今、陛下から、砂糖菓子を作ることを命じられています。陛下の望みを叶《かな》えるための砂糖菓子です。その命令を無視出来ません」

「あなたは砂糖菓子職人でしょう？　確実に砂糖菓子を存続させたいと思いませんか？」

「思います。ですが、わたしは今、陛下のためにしか砂糖菓子を作れない銀砂糖子爵です。ですから陛下の望み以外に、わたし自身はなにもする事を許されていないのです。わたしは陛下の臣ですから」

これほど、己《おのれ》の不自由な立場がありがたいと思ったことはない。自分は動けないのだと、堂々と、後見人に逆らえる。ほくそ笑《え》みながら、

「ということで。もうしわけございません。仕事に戻《もど》ります」

一礼し、きびすを返す。コレット公爵《こうしゃく》の不愉快げな視線を背に感じながら、舌を出してやりたい気分だった。

──おあいにくだったな、後見人殿《どの》！

早足に歩を進めながら、遠い空の下《もと》にいる二人に語りかけた。

──信じて待っていてやるんだ。銀砂糖を持って、帰ってこい。

伸《の》ばした指先が空《むな》しく宙を摑《つか》むと、強い力で突き飛ばされ、どこかへ放《ほう》りこまれた感じがした。

──アン！

強烈《きょうれつ》な光が目の前で弾《はじ》け、体が見えない大きな手で摑まれ振《ふ》り回されているようだ。平衡感《へいこう》

覚が狂《くる》い、上も下も分からなくなり、目の前の真っ白な光が強くて目を開けていられない。しかし閉じているはずの目に、ちらりと赤い色彩《しきさい》が見える。その色と輝《かがや》きが、興奮したラファルの髪《かみ》色に似ている気がして、ぎくりとする。そして次の瞬間《しゅんかん》、激しく振《ふ》り回されているような感覚がおさまり、ぽいと、なにもない空間に放り出されたように体が軽くなる。浮《う》いているようだ。

目を開くと、周囲は真っ白だ。上も下もない、際限もない。しかし所々、近いのか遠いのかわからない曖昧《あいまい》な距離《きょり》感《かん》で、丸くて赤い光がぽつぽつと浮かんでいる。

――これは、夢か？　幻覚《げんかく》か？

己の掌《てのひら》を見おろし、自分の体の存在を確かめる。夢や幻《まぼろし》にしては、いやにしっかりとした自分の体の存在感。

「……どうすればいい」

なにがどうなったのか、定かではない。しかし銀砂糖妖精《ようせい》筆頭の力により、シャルの身に何事かが起こったのは確かだ。夢をみているなら一瞬《いっしゅん》でも早く目覚め、幻ならば、剣《けん》で切《き》り裂いてでも脱出《だっしゅつ》し、アンを守れる場所に帰らねばならない。

「アン」

名を呼んで、呻《うめ》く。

「出口はどこだ……」

「あちらだ」

背後から突然《とつぜん》答えた声に、ぎょっとなりふり返った。体が不安定なのでふわりと腰《こし》が浮くが、羽を広げ体勢を保ちながら、声の主を確認《かくにん》した。

妖精だった。赤い髪は、興奮したラファルの髪色と似ている。瞳《ひとみ》も、朱《しゅ》に近い愁《うれ》いを帯びた赤で、背にある美しい二枚の羽も、赤みのある輝きを纏《まと》う。彼は無表情にシャルを見つめているが、その顔立ちはシャル自身にそっくりだった。その姿は聖ルイストンベル教会の天井画《てんじょうが》に描《えが》かれた最後の妖精王にもよく似ており、そしてまた、はじめて会うにもかかわらず、シャルは彼を間近に見たことがあるという既視感《きしかん》を覚える。

いや、確かにシャルは彼のことを知っているのだ。そしてその名も、生まれた時から知っていたのだ。

「リゼルバ・シリル・サッシュ」

地上世界ではとうに失われ、人間は覚えてすらいなかった。しかしシャルは生まれ出たときから知っていたその名。呟《つぶや》くと、彼はにこりともせず答えた。

「おまえはシャル・フェン・シャルか」

淡々《たんたん》と、落ち着いた声だ。彼もまた当然のように、彼の名を呼ぶ。

一瞬、混乱した。なぜ目の前に、五百年も昔に死んだ妖精王が立っているのか。ここは過去の世界なのか、それとも死者の世界か。

──死者の世界だとしても。

きりっと歯を食いしばる。

──抜《ぬ》け出して、あいつを助けに戻る。

目の前に佇《たたず》む過去の妖精王を睨《ね》めつけ、脅《おど》すように訊《き》く。

「ここはどこだ。なぜおまえがいる、リゼルバ。五百年前に死んだ王が」

「さあ」

リゼルバは小首を傾《かし》げつつ、しばし考えるそぶりをして答えた。

「わたしも今、気がついた。わたしはここにいるのだ、と。おそらく、見る者の視線がなければ、わたしはここでこのような形にならないのだろうし意識もないのだろうな、生まれる前のように。わたしは、実在しない。ただ、ここを通り抜けた者が残し、ここに漂《ただよ》っている、思いなのだろう。お前が立ち去れば、わたしもまた消えるのだろうな」

「思い？」

「この場所を通り抜けた者の強い思いが、この場所に傷のように刻まれる」

徐々《じょじょ》に自分の存在を明確に認識しはじめたかのように、リゼルバがはっきりと答える。

「亡霊《ぼうれい》なのか？　ここは死者の世界か」

目の前のリゼルバには、妖精としての実在感があり、彼がおそらくルビーから生まれた妖精なのだろうということすらも、察せられる。けれどどこか微妙《びみょう》な違和感《いわかん》がぬぐえない。実在感のある影絵《かげえ》のようだ。

「亡霊とはすこし違《ちが》うかもしれない。わたしはリゼルバでありながら、リゼルバそのものではない。この場所に刻まれた思いが、わたしの形を作っている。わたしはリゼルバ自身ではないが、リゼルバの思いだ」

「ならばここはどこだ！　答えろ！」

「ここは砂糖林檎《りんご》の気脈」

リゼルバは、赤い光輝《こうき》を散らした、あわい光が満ちる周囲を見回しながら、答える。

「最初の砂糖林檎の木が、王国全土にこの気脈を廻《めぐ》らせて砂糖林檎の木を芽吹《めぶ》かせる。木の守護者の力があれば、この中を通り抜けられる。わたしもかつて筆頭に願い、この中を通った。セドリックとの戦《いくさ》に赴《おもむ》くために」

「セドリック……人間の王か」

その名に、ぎくりとする。自分と色彩こそ違え同じ顔立ちの王が、人間王と戦った事実。今の自分は、まさに五百年前の彼と同じ立場なのだろうか。

妖精王も人間王も、戦いを望んでいたわけではない。だが彼等は戦ってしまった。

――だが俺は、戦うわけにはいかない。

彼等が戦いに辿《たど》り着いてしまった理由がわかれば、シャルは、エドモンド二世という人間王と戦う危険を、避《さ》けられるのではないか。

「周囲の者たちの、冷静さを欠いた感情。共存を望まない者の策略」

「なぜ戦った」

　リゼルバは憂鬱《ゆううつ》そうに答え、そしてふと懐《なつ》かしげにシャルを見つめる。

「負けるのだろうと、わかっていた。だからわたしは自分の、次代の王として選んだ石を嵌《は》めこんだ剣を持参した。わたしが滅《ほろ》びても、セドリックはおそらく、それを守ってくれると信じていたから」

「戦い滅ぼされる相手を、信じたのか？」

「信じていた。現実に、彼は信頼《しんらい》に応《こた》えたのだろう。おまえがここにいる、ということは」

「戦いを避ける方法はなかったのか？　周囲の思いや、策略があったとしても」

　リゼルバは首を振る。赤い瞳、赤い髪がふわふわと周囲に漂い、彼の首や肩《かた》にまつわりつく。

「わたし一人では、できなかったのだ。わたしは唯一《ゆいいつ》の妖精王であり、ある者から見れば、人間を憎《にく》む妖精王に見え、ある者には人間を愛する妖精王に見え、ある者にはどちらとも言えない曖昧な存在であり続けた」

「どういう意味だ。戦いを避けることは、できない。そういうことか」

「わたし一人では、戦いを避ける事ができなかった。妖精も人間も、己の都合の良いように、王を解釈《かいしゃく》する。人間も妖精も、わたしの中に人間を憎む王の幻影《げんえい》を抱《いだ》いた。だから人間はわたしを憎み、妖精はわたしの真意を取り違え、人間を憎んだ」

「俺は、戦うわけにはいかない……」

戦いが避けられなかったのだと告げる言葉が絶望的で、悔《くや》しさに俯《うつむ》きながら呟く。するとリゼルバがふわりと近寄ってきて、シャルの瞳を覗《のぞ》きこむ。まるで色だけが違って映る、不思議な鏡を覗きこんでいるかのように二人はそっくりだ。

「シャル・フェン・シャル。だからわたしは三つの石を残した。戦わない可能性のために」

「なに？」

顔をあげると、リゼルバの無表情が淡々と答える。

「次代の妖精王を望むとき、まず三つの石を選び出す。それを王が持ち続け、一番王に近い強い力を内包しはじめる石を一つだけ選び、あとは野に返すのが伝統。本来の伝統でいけば、一つの石だけを残し、一人の妖精王を誕生させるべきだった。妖精王が三人もいては混乱する。だがわたしは、あえて三つ残した。一人の王では背負いきれない宿命をそれぞれ背負うために、多様性を持った三つの石を。それは多様だからこそ、多様な運命を引き受けるだろう。未来への道は一つではなく、三つに増える」

「その、意味は？」

「戦いを避けられる確証が得られるような、絶対的な方法はない。しかし避けられる可能性は、いつの時代にも何処《どこ》にでもある。今、三人の妖精王が存在することこそが、戦いを回避《かいひ》する可能性。それぞれの引き受ける運命。その三人のうち、力を尽《つ》くし続けて生き残った者の未来が、妖精の未来の道になる」

突然、背に震《ふる》えが走る。

シャルは人間との共存の道を望み、ラファルは人間との戦いを望む。エリルは、どちらにもくみしたくないように見える。

リゼルバは、その三人の多様性が可能性だと言っているのだ。ラファルの存在でさえ、可能性の一つだ。三人の妖精王の、それぞれの行動が絡《から》み合って、過去と同じ道に踏《ふ》みこまないでいられるかもしれない。

——確証はない。だがリゼルバは可能性を広げた。

戦いを確実に回避する方法などありはしないのだ。だが回避出来る可能性は存在し続ける。

妖精王が一人なら、可能性は一つ。だが妖精王が三人ならば、可能性は三つだ。

「出口はあちらだ、シャル・フェン・シャル。わたしの残した、可能性の王の一人」

すいと遠く一点を指さし、リゼルバは告げた。この場所に無数に浮《う》かぶ赤い光の、一つだ。

「行け。ただし、行き着く先は、銀砂糖妖精筆頭が望む場所だ。残念ながら、おまえの恋人《こいびと》の元へ飛んで帰ることはできない。その足で、駆《か》け戻《もど》れ」

「恋人」と口にした彼の言葉に驚《おどろ》いてふり返ると、リゼルバがはじめて、微笑した。

「アンというのか？　おまえの恋人は」

「なぜ、それを」

「ここを通る者は、思いがむき出しにされる。おまえの思いも透《す》けて見える。おまえの強い思いが、この場所に傷をつけて思いを刻み込む。次にここを通った者は、おまえに出会うかも知れない。恋人のことばかり気にする、おまえにな」

「……」

なにか言い返そうかと思ったが、結局、なにも言い返せなかった。シャルは彼に背を向けると、駆け出した。

「駆け戻れ」

背に声があたる。シャルはふり返らず、呟《つぶや》くように答えた。

「命じられなくとも、戻る」

羽がぴんと緊張《きんちょう》し、硬質《こうしつ》な銀の輝《かがや》きが増して羽を覆《おお》う。

──あれはリゼルバ自身ではない。

ぐんぐんスピードをあげる。

──だが言葉は、リゼルバの言葉だ。ここに刻みつけられたリゼルバの思いの言葉であるならば、それはリゼルバの残した遺言《ゆいごん》。

赤い光が目の前に迫《せま》りそれに飛びこむ直前、とてつもなく恥《は》ずかしくなる。今まで感じたことのない、羞恥心《しゅうちしん》だった。

──次にこの場所を通る者に、俺の思いはなにを語るんだ？

自分がどれほどあの瞬間《しゅんかん》、混乱してアンを思っていたか、今なら冷静にわかる。あの時の心の内を誰《だれ》かに見られたならば、それはもう恥ずかしさにいたたまれないだろう。

赤い光に飛びこんだ。

くるりと体が上下に回転する感覚に襲《おそ》われると、次の瞬間には冷えた草地の上に放《ほう》り出されていた。

周囲は、真《ま》っ暗闇《くらやみ》だ。しかし砂糖林檎の甘い香《かお》りが満ちていて、どこかの砂糖林檎の林の中に放り出されたのだろうと予想はつく。

ずきずきと頭が痛み、額を押さえながら膝《ひざ》をついて立ちあがろうとする。

自分は全能だと銀砂糖妖精筆頭はほざいていたが、まったくもって、忌々《いまいま》しいほどの力だ。なにしろ五百年前に死んだ妖精王の思いをとどめ、あまつさえ実在化させるほどの気脈を操《あやつ》っている。

冷たい空気と風の音、虫の音などを感じると、先刻出会ったリゼルバが、自分の幻覚《げんかく》だったように思う。だが彼は実際に語り、そこにいた。

頭の痛みに耐《た》えて、ゆっくりと立ちあがる。

「……アン」

現実に引き戻され、やはり真っ先に心配したのは彼女のことだ。

あれほどの力の持ち主が、素直《すなお》にアンの作るものを認めるかどうか、不安だった。しかし今となっては、誰が何を作ろうとも、彼は認めなかったのではないかとさえ思う。三千年の時を生きた妖精のひねくれように、誰が勝てるだろうか。

これで最初の銀砂糖は永久にシャルの手に入ることもなく、人間王との誓約《せいやく》は、成立することなく終わる。そしてアンは永久に、あのぼんやりとした、覇気《はき》のない幻《まぼろし》のような世界に閉じこめられる。生命そのもののように輝いている彼女が、あんな場所で生涯《しょうがい》を終える。

――このままに、するものか。

絶望感はなかった。ただ強い決意だけが、膨《ふく》れあがる。五百年前の妖精王が「可能性」と言った言葉が耳に残る。自分は、可能性なのだ。ラファルにしろエリルにしろ、可能性だ。もし自分があがくことをやめれば、リゼルバが残した可能性が一つ消える。だが逆に、シャルが生き続け、あがき続ければ可能性は消えない。

ざわざわと枝を揺《ゆ》らす砂糖林檎《りんご》の影《かげ》のむこうに、ひときわ黒く立ちあがっている岩場が微《かす》かに見える。シャルはそれに駆け上り、空を仰《あお》いだ。すると計ったかのように雲が切れ、頼《たよ》りなく細い月が顔を出す。けれどその明かりで充分《じゅうぶん》だ。

風の吹《ふ》く方角を確認《かくにん》する。ハイランドでは季節によって、風の方向はほぼ決まっている。風の吹く方角を見定めれば、東西南北がわかる。さらに雲間から見える星を確認する。星の位置もまた、方角を知る手がかりだ。

さらに遠く見える、黒い塊《かたまり》にしか見えない山の威容《いよう》。その先に蛇行《だこう》して流れる川。

シャルは自分の今いる場所を知るために、知識と五感を総動員した。

アンとともに過ごした時間の中で彼女が利用していた旅の知識を、思い出そうとした。ずっと母親と旅してきた彼女は、旅の知識がシャルよりも豊富だった。か弱い者が旅を続けようとするとき、知恵《ちえ》を働かせ、間違《まちが》いない道を選ぶことが最も重要だったのだろう。

砂糖菓子《がし》の未来や、妖精の未来。それらに対する思いや義務感は常に深く胸の奥にこびりついているが、今、シャルの心を満たしているのは、恋人の存在だった。彼女の元に一刻も早く戻ってやりたい。

──あれはビルセス山脈の影か？

黒々とそびえる山の形には見覚えがあり、流れる川の姿も記憶《きおく》にある。方向からして、この場所はおそらくビルセス山脈の中腹。最初の砂糖林檎の木がある場所から、西側にずれているが、山脈の中腹からは出ていないと思われた。

──近い。

方角を見定めると、岩山を飛び降りる。そして姿勢を低くし、風に乗るように走り出す。

──遠くない。あいつの元に戻れるまで。

走り続ければ二日ほどで、目的の場所に辿《たど》り着けるはずだ。休むつもりなどなかった。彼は戻らなくてはならないのだ。恋人の元へ。

七章　同じ心のかたち

　しばらく呆然《ぼうぜん》としていたアンは、のろのろと顔をあげた。両の手に砂糖菓子を持った銀砂糖妖精筆頭を見あげて、力なく問う。

「それは……欲しくないのですか？」

　筆頭は砂糖菓子を作業台の上へ置きながら、頷《うなず》く。

「欲しくなぞないわい」

「最初の銀砂糖は……」

「我の欲《ほっ》するものをそなたは作れなかったのじゃから、渡《わた》すいわれはない。そしてそなたは、我とともにここで命尽きるまで過ごせば良い。なに、心配するでない。ここは時間の流れが地上に比べて緩《ゆる》やかじゃ。人間の年月で言えば二百年以上、ここで生きながらえるじゃろうて」

　どこか嬉《うれ》しげに、勝ち誇《ほこ》ったようにアンを見つめる赤い瞳《ひとみ》。それを見つめていると、絶望的だと強く感じる。アンは失敗して、最初の銀砂糖を手に入れ損《そこ》なって、しかも永久にこの場所に閉じこめられるのだ。そんなことならばいっそ、最初に覚悟《かくご》したようにこの瞬間、シャルのためにも自分は死んでしまった方がいい。

発作《ほっさ》のようにその思いに駆られ、アンはぱっと立ちあがって作業台に駆け寄った。筆頭はびっくりしたようにきょとんとしているが、かまわずに、自分の道具入れの中から砂糖菓子の大型切り出しナイフを掴《つか》む。

その光る切っ先を凝視《ぎょうし》する。この刃《やいば》で首でも斬《き》りつければ、失血死出来るだろう。しかしそれを手に取った瞬間、それを使うのは絶対に無理だと悟《さと》る。

──道具を、血なんかで汚《けが》しちゃだめだ。

もはや永久に砂糖菓子は失われ、その道具を使うこともなくなるかも知れない。けれど道具を汚すことは、できない。職人の本能がそれを許さない。

そもそも、自分は諦《あきら》めるのだろうか？　道具を見つめながら、思う。

──諦めたくない……。

心の底で、自分に託《たく》されたものの重さを知っている自分が、地を這《は》うように呻《うめ》く声が聞こえる。なんらかの打開策を見つけて、最初の銀砂糖をなんとしても手に入れなくてはならない。

──絶対に絶対に、手に入れる。妖精《ようせい》市場に帰っていった、みんなのためにも。ヒューやミスリル・リッド・ポッド、その他《ほか》の職人のためにも。シャルのためにも。絶対に、絶対に……。

シャルが消え、願いを込めて作った砂糖菓子が拒絶《きょぜつ》された。それ以上の砂糖菓子を、アンはどうやって作ればいいのかさえわからない。けれど諦めたくない。絶望にうちひしがれそうになるのを、待ってくれている人の思いがわずかに支えてくれている。

だが体に力が入らない。手にあるナイフを下草の上に取り落とすと、アンは再びその場にしゃがみこんでしまった。

とてつもなく疲《つか》れている気がした。揃《そろ》えて抱《かか》えた膝に額をつける。

――すこしだけ、休みたい。すこしだけ、何も考えないでいたい。すこしだけ。

それが無気力なのだと気がつかないうちに、アンは長い長い息を吐《は》く。

筆頭がアンの隣《となり》に腰《こし》を下ろし、顔を覗《のぞ》きこんで来る。

「顔をあげぬかの？　娘《むすめ》」

気遣《きづか》うように、どこか臆病《おくびょう》ともとれる優《やさ》しさを滲《にじ》ませて筆頭が促《うなが》す。アンは動かず、その声をやり過ごそうとした。

「どうしてかの？　さっきまでは、あれほどきらきらとしておったそなたが、今は、この場所にふさわしく静かになったのぉ」

しばらくの間、ひどく静かだった。

周囲は真の無音だ。ここには風が吹かないし、虫の羽音すらない。だから時間の経過が曖昧《あいまい》だ。その真の無音に身を任せるように、アンはずっと顔を伏《ふ》せたまま思考を停止して動かなかった。ほんのすこしそうしていただけかも知れないし、長い時間、そうしていたのかも知れない。

――すこしだけ……。すこしだけ、休ませて……。

考えることを一時放棄《ほうき》していることを、誰《だれ》かに言い訳するように心の中で繰《く》り返す。衝撃《しょうげき》から立ち直り、もう一度、物事をうまく運ぶために何をするのか考えるには、まだ時間が必要だった。

筆頭は諦めたように立ちあがり、作業台の周囲をうろつきはじめた。そして下草の上に転がった切り出しナイフに気がついたらしく、かがみこんで拾い上げた気配がした。彼はそれをアンの道具入れの中に戻《もど》しているらしく、道具を触《さわ》る音が続く。

ふと、音がやんだ。筆頭が、道具を触る手を止めたらしい。

「これは……」

筆頭が小さな道具を一つ手に取り、息を呑《の》む気配がした。

その瞬間《しゅんかん》だった。

小さく淡《あわ》い、無数の蛍火《ほたるび》のようなものに照らされていた空間が、真昼のように明るく輝《かがや》く。急激な変化に、アンはびくりとして反射的に顔をあげた。すると目の前にいる筆頭もまた、驚《おどろ》いた表情で周囲を見回していた。しかしその明るさは筆頭の体を中心にして、空間に広がっている。まるで彼自身が明るい蠟燭《ろうそく》そのものになったかのような、不可思議な現象だった。

筆頭は己《おのれ》の掌《てのひら》に目を落とし、軽く首を振《ふ》る。

「我は、どうした？」

その時だった。

『ここは天国？』

アンの後ろから少女の声がした。驚いてふり返ると、しゃがみこんだアンの目線より少し上のあたりに、鳶色《とびいろ》の瞳の少女の目があった。年の頃《ころ》は、七つ八つか。彼女は全身草の汁《しる》と泥《どろ》で汚《よご》れていて、なぜか泣きはらしたような顔をして、目をまん丸にして立っている。どこかで見たことのある顔だったが、どこだか思い出せない。

その少女は幻《まぼろし》のように透《す》けていて、体を通して、向こう側の砂糖林檎《りんご》の木の実の赤が見える。亡霊《ぼうれい》だろうか。あまりの驚きに言葉も出ない。

筆頭は息苦しそうに呼吸しながらも、少女を凝視していた。しかしその筆頭の体から、すいと抜《ぬ》け出すようにして、もう一人の筆頭の姿が現れる。彼の姿もまた透けてはいたが、背後に立つ筆頭本人と寸分違《すんぶんたが》わない姿だ。

『なんじゃ、人間の小娘《こむすめ》か。残念じゃのぉ。四百年ぶりの来訪者が、人間の子供かや。なんともまあ、がっかりじゃ』

心から落胆《らくたん》した声にかまわず、少女は再度訊《き》く。

『ねぇ、ここは天国？』

『天国なんぞであるかい』

『天国じゃないの？　わたし池に飛びこんだの。苦しかったのよ、死んじゃうでしょう？』

『ここは我の世界じゃ。特別な世界じゃ。そなたは死ぬどころか、ぴんぴんしておるわ』

『天国じゃないの……』

今度は少女の方が、がっかりしたように呟《つぶや》く。筆頭はカチンときたらしく片眉《かたまゆ》をあげて腕組《うでぐ》みする。

『失礼な小娘じゃ。我の世界がそれほど不満かや』

『わたし、父さんと母さんと、お姉さんのいる天国に行きたいの。三人とも昨日行ったばかりだから、今ならまだ追いつけると思うの』

魂《たましい》のどこか一部分が抜け落ちたような、ぼうっとした微笑《ほほえ》みを浮《う》かべて少女が言った。その微笑みが、気力が抜けていたアンの心にも突《つ》き刺さる。

――天国って……。この子、家族が。

家族と呼べる存在が、アンには母親のエマしかいなかった。その母親の死を、十五歳のアンですら受け止めきれなかった。なのにこんな小さな子が、一度に全部の家族を失ったのだろうか。

彼女が何者なのか、なぜこんなものが見えているのかわからない。けれど気持ちが揺《ゆ》さぶられ、少女から目が離《はな》せなくなる。

『三人ともそなたを置いて、なぜ行った。薄情《はくじょう》じゃな』

筆頭は彼女の言葉の意味を理解していないかのように、意地悪い言葉を吐く。けれどそれに対しても少女は怒《おこ》るでもなく哀《かな》しむでもなく、ぼんやりと答える。

『しかたないの。兵隊さんに見つかったの。兵隊さんは、別の兵隊さんに追っかけられていて、逃《に》げてたみたい。父さんと母さんが持ってるパンや馬が欲しかったみたい。でもわたしたちも、戦争から逃げてこのお山に来たのに。兵隊さんと同じなのに。兵隊さんは父さんと母さん、お姉さんにひどいことした』

『人間どもは戦《いくさ》の最中《さなか》じゃな。王国を統一するだのなんだのと騒《さわ》いでおるらしいが、滑稽《こっけい》なことよ。人間同士で』

くすっと、幻の筆頭は笑う。

幻の紡《つむ》ぐ会話で、アンはこの幻の正体を徐々《じょじょ》に理解しはじめていた。これはもしや、百年前の光景なのではないだろうか。

王国統一戦争が起こったのは、百年前だ。当時各地に領主が立ち、小競《こぜ》り合いを続けていたハイランドを統一しようと、ミルズランド家、アルバーン家、チェンバー家の三家が連合して小国を併合《へいごう》していった時代だ。

輝きは筆頭を中心にして生まれているのだから、これは筆頭の記憶《きおく》なのかも知れない。

『ねぇ、天国じゃないなら、おじさんわたしを天国へ行かせて。わたし見てたの。剣《けん》で突かれたら、一瞬《いっしゅん》で動けなくなって天国へ行くの。簡単だったよ。簡単だから、お願い』

ぎょっとするような願いを口にして、少女はまた微笑む。すると筆頭は顔をしかめた。

『ここでそんな血なまぐさいことをするか。たわけ者。ここが不満ならば何処《どこ》へなりとも放《ほう》り出してくれる』

『放り出さないで。放り出すなら天国へ放り出して。わたし、もう天国以外には行きたくない』

少女はそこへしゃがみこみ、さっきのアンと同じように膝《ひざ》に額を付けて小さく丸まった。筆頭は迷惑《めいわく》そうに鼻を鳴らす。

『勝手にせい。我は知らぬ』

ふいと筆頭が背を向けると、周囲を満たす光が揺らぐ。そしてその揺らぎの中で、筆頭が何度も、しゃがみこんだままの少女をふり返っていた。けれど彼女がちっとも動かないので、筆頭は根負けしたように再び近づき、そっと不器用そうにその頭を撫《な》でる。

やっと、少女が顔をあげると、筆頭はすこしほっとしたような顔で訊く。

『立たぬかや？　そこにしゃがみこまれていては、迷惑なのじゃ』

迷惑と言いながら、口調は優しかった。

しゃがみこんでいた少女が、立ちあがろうとした。すると揺らめきが大きくなり、彼女は、十一、二歳くらいの姿に成長して、すっくりとその場所に立ちあがる。

幻の筆頭の姿はいつのまにかすこし離れた場所にあり、少女に背を向けていた。

アンは、本物の筆頭と幻の筆頭、そして少女の幻を見比べる。筆頭自身は、自分と少女の幻を、赤い瞳《ひとみ》で身じろぎもせずに見つめている。

『砂糖菓子《がし》を作りたい』

少女は、目を輝かせて訴《うった》えていた。

その言葉に、アンは再び心臓が強く鼓動《こどう》したのを感じる。百年前に生きていたらしい少女の口から、まさか砂糖菓子を作りたいと――自分と同じような願いを聞く不思議さ。

『これ砂糖林檎の木よね。ここから銀砂糖は作られて、砂糖菓子ができるんだって昔教えてもらったことがある。わたしは砂糖菓子を手に入れたことないけれど、砂糖菓子は幸福を運んでくれるものだもの。わたし昔、それが欲しくてたまらなかったのよ。砂糖菓子があれば……』

ふと少女は暗い目をした。

『わたしたち家族は、ビルセス山脈の中で敗残兵に会うこともなかったかもしれない。わたしたちは運が悪かったの。砂糖菓子を持っていれば、もっと幸運に恵《めぐ》まれたのに。だから作りたいの。わたし、作りたい。今更《いまさら》だけど作りたい。どうやって作ればいいか、あなた知ってる？いつも自分は全能だって威張《いば》るけど』

背を見せていた幻の筆頭は、少女をふり返りにんまりと笑う。

『なにを言うかの、小娘。銀砂糖をこの世で最初に精製したのは我で、我が砂糖菓子を作り始めたのじゃ。我がこの世でもっとも砂糖菓子を熟知し、そしてもっとも美しく作れる者じゃ』

『そうなの!?　そんなの、神様みたい！』

少女は駆《か》け出して、幻の筆頭にしがみつく。筆頭は面倒《めんどう》そうに引き剝《は》がそうとするが、少女はまるで父親に甘えるようにじゃれつき、そしてとうとう彼を押し倒《たお》し、草の上を転げ回って明るく笑った。

その幻が滲《にじ》むように消えると、今度はぽつりと立ち尽《つ》くす少女が出現した。彼女はもう十六、七歳の娘《むすめ》に成長していて、慕《した》わしげに空を見あげていた。

その横顔を目にした途端《とたん》、アンは息が止まるかと思った。

「ママ！」

悲鳴のように呼ぶと、立ちあがった。

そこにいる少女の横顔は、アンが知っているエマよりもかなり若い。だがエマなのは間違《まちが》いない。あの少女の顔に見覚えがあると思ったのは、あの少女がエマだったからだ。

しかしこれは百年前の出来事ではないのだろうか。そこになぜエマがいるのだろうか。

「ママ、どうして。ママ？」

混乱しながらもよろけるように数歩歩みだし、近づこうとする。伸《の》ばした指先は若いエマの体を通過して、触《ふ》れられない。

「ママ」

エマにはアンの姿が見えないらしく、アンの向こう側に出現した、幻《まぼろし》の銀砂糖妖精《ようせい》筆頭を見つめる。

『ねぇ、わたし、外へ行きたい』

『やめておくことじゃ。外は時の流れも速く、そなたはあっという間に老いて死ぬじゃろう。ここにいればあと数百年は生きられるぞ』

『こんな場所にいたら、墓場にいるのと同じだって気がついたの』

筆頭は不愉快《ふゆかい》さを露《あら》わにし、手を振《ふ》る。

『ここでは求めれば全《すべ》てがあるのじゃ。なぜに外へ行く必要がある。ここに八十年いたのじゃ。快適だったであろうが！』

『でも、二人ぼっちだわ』

『それがなぜ悪い』

『苦しいことも怖《こわ》いこともあるかも知れないけれど、きっと楽しいことがもっとある。ここにいて、不満なく生きるよりも、外で不満だらけで生きた方が、ちょっとした幸せが楽しくて、嬉《うれ》しくて、生きてるって思える気がする。ねぇ、一緒《いっしょ》に出ていこう』

エマはアンをすり抜《ぬ》け、筆頭に駆け寄りその手を握《にぎ》る。自分をすり抜けていったエマの幻を、アンはふり返って視線で追う。

『一緒に出て行こう。ここから外へ出て、二人ぼっちじゃない世界を旅したら、きっと楽しいわよ』

筆頭は、驚《おどろ》いたように目をぱちくりさせ、それから俯《うつむ》く。

『できぬのじゃ』

『なぜ？』

『できぬものはできぬのじゃ、我は行かぬ！』

『でもわたしは、行きたいの』

『行くならば一人で行くがいい！　何処へなりとも放り出してくれるわ！　せいせいするわい！』

手を振り払《はら》われ、エマはわけもなくひっぱたかれてしまった子犬のようにしゅんと項垂《うなだ》れる。

『でも、わたしは行きたいの』

『行けといっておる。さあ、何処へ放り出せば良いか!?』

エマはちらりと、作業台の方へ目を向ける。

『何処でもいいわ。でも、ねぇ、ここの思い出を一つくれる？』

『好きにせよ。さあ、放り出してくれる。出て行くならば、出て行きやれ』

作業台に近づいたエマは、そこから何かを取りあげる仕草をして、それを胸元《むなもと》に抱《かか》えた。そして筆頭に向かって、深く深くお辞儀《じぎ》した。

『ありがとうございました。忘れません、あなたのこと』

『我は、そなたの名などすぐに忘れる』

幻の筆頭が手を振ると、エマの姿がかき消えた。それと同時に幻の筆頭は項垂れ、肩《かた》の力がなくなってしまったように、だらりと両手をさげた。

幻の筆頭の姿が、徐々《じょじょ》に薄《うす》まり消える。すると実在の筆頭を中心に輝《かがや》いていた光も弱まり、その体に吸い込まれるようにどんどん小さくなり、消えた。

後には、先刻と変わらない静寂《せいじゃく》と闇《やみ》と、蛍火《ほたるび》のように乱舞《らんぶ》する白い光が残る。無音の世界にぽつりと残され、アンと筆頭は対峙《たいじ》していた。驚きのために二人ともぼんやりとしていたが、白い光がふっと二人の間を横切ったのを合図にしたかのように、互《たが》いに顔をあげて目が合った。

「あれは、あなたの記憶《きおく》ですか？」

訊《き》いた声が震《ふる》えた。

「あの子は……あの人は、わたしのママです。なんでママがここにいたんですか？」

筆頭はしばらくの沈黙《ちんもく》の後に、口を開く。

「見たとおりじゃ。飛びこんで来やったのじゃ、死のうとしての」

「なら今見たことは、全部本当にあったこと……」

呟《つぶや》くと、筆頭は疲《つか》れたように答える。

「なにもかも、のぉ」

百年前、この場所に飛びこんできた少女は、アンの母親のエマ。そして彼女はここで過ごし、銀砂糖妖精筆頭に砂糖菓子作りの技術の教えを受け、八十年近く生きた。そしてゆっくりと時間をかけて大人になった少女は、出て行ったのだろう。

「まさか……」

声が引きつる。

——まさか、そんなこと。ママが……？

エマの声、微笑《ほほえ》み。そんなものを思い出す。いつも底抜《そこぬ》けに明るくて、この世界を自分の足で歩いていることが、嬉しくてたまらない様子だったエマ。職人たちと競《きそ》って砂糖林檎《りんご》を収穫《しゅうかく》するのさえ、面白《おもしろ》がっていたようなところがある人だった。

ずっと不可思議には思っていた。アンですら、工房《こうぼう》で仕事をすることが困難だったのだ。今から十年、二十年前ともなれば、職人たちがもっと頑固《がんこ》でも不思議はない。

けれどそんな時代、エマはどうやって銀砂糖師となれるほどの技術を身につけたのか？

——ママが、人間に教わっていなかったのだとしたら？

妖精ならば、男女問わずに銀砂糖妖精となっているのだ。彼等ならば、女のエマにも技術を教えてくれる。そしてこの場所で筆頭に直接教えを受けたのであれば、群を抜いた技術を授《さず》けてもらえる。

——ママが、ここにいた？

数十年前まで、ここでエマは呼吸していた。しかも長い長い時間を、ここで過ごしていたのだ。アンを愛し抱《だ》きしめてくれたエマは、はるか昔に生まれた。そしてここで砂糖菓子《がし》を作ることを覚え、地上に戻《もど》り、職人として生きることを選んだ。

胸がどきどきと、どうしようもなく速く打っている。

——そしてわたしが、ここにいる。

因縁《いんねん》、という言葉では片付けられない。見えざる偉大《いだい》な力が、すべてのことを仕組み、アンをここに導いたようにしか思えなかった。

「あやつは出て行きおったわい。つい最近じゃ。たった二十年前じゃ。あれ以来戻ってこなかったからの、どうなったか、知らなんだわい。知ろうとも思わなんだが」

筆頭は、手に握りしめていた道具を恐《おそ》ろしいものでも見るように見おろす。そこには素朴《そぼく》な砂糖林檎の花を図案化した模様が彫《ほ》り込まれている。

その道具に彫り込まれている文様は、先刻、銀砂糖妖精筆頭が出現させた織機《おりき》にもあった。アンが引き継《つ》いだエマの道具の中にあった、銀砂糖の糸を編むための道具。それが何をするための道具かずっとわからなかったが、ルルのもとで習得した技術で、はじめてその使い方を知った。そしてその道具の文様を目にして、ルルが妙《みょう》な顔をしていたことも思い出す。彼女は古老たちから伝えられた知識で、その文様が誰《だれ》の持ち物に刻まれているものか知っていたのだろう。だからあんな表情をしたのだ。不思議そうな、不可解そうな。

エマは言っていた。その道具は師匠《ししょう》からもらったのだ、と。

——これはなんの巡《めぐ》り合わせ？

体の芯《しん》に震えが走る。人間も妖精も操《あやつ》ることができない、大きな流れを感じる。それがこの砂糖菓子を作る小さな道具をここから持ち出させ、そして再び、ここに戻るように仕向けた。

「時代が動くときには、様々な偶然《ぐうぜん》が引き寄せられる。それが時代というものであろうと、我は三千年生きて感じる」

道具を胸の前に持ち上げると、筆頭はそれを愛《いと》しげに撫《な》でた。

「これの行き先や運命など、知ろうとも思わなんだ。知りたくもなかった。知る術《すべ》もなかったわい。じゃが……」

顔をあげ、筆頭は赤い瞳《ひとみ》でアンを見据《みす》える。

「今、我は知るじゃろう」

厳《おごそ》かな、そして苦痛に満ちた呟きだった。

「これはそなたの道具入れの中にあったが、そなたのものではない。これには我の文様が刻まれている。では、そなたは誰からこれを譲《ゆず》り受けた。それを譲った者は、どうなった？　どこにおる？」

「それは、ママから」

声が喉《のど》に絡《から》むが、懸命《けんめい》に喋《しゃべ》る。赤い瞳が、答えを待っている。

「わたしの母の、エマ・ハルフォードから譲り受けました。母は二年前に病で亡《な》くなりました」

「やはり、死んだかや」

「はい」

「言わぬことではないわ」

筆頭は再び俯《うつむ》き、道具に囁《ささや》きかけるように言う。

「言わぬことではないわ……死んでしまったではないか。愚《おろ》か者よ」

そして両手で小さな道具を握《にぎ》りしめた。

「我が、言ったではないか。瞬《また》く間に、死ぬのじゃと」

呟く声が胸に突《つ》き刺《さ》さった。

——寂《さび》しくて、……優《やさ》しい……神様。

こんな場所に三千年もじっとしている、砂糖林檎の木そのものである妖精《ようせい》。人や妖精に幸福をもたらす砂糖林檎の化身《けしん》であるなら、優しくないわけはない。

この妖精はただの妖精として生まれ、長い年月をかけて、普通《ふつう》の妖精とは少し違《ちが》う存在になっている。けれど心の形は普通の妖精の部分が残っていて、それが彼を苛《さいな》むのだろう。純粋《じゅんすい》な神になり、なにもかも超越《ちょうえつ》出来れば苦痛はないのに、彼はまだ、神としては不完全で、妖精としては特別すぎる。

「でも、戻ってきました。なんの巡り合わせかわからないけれど」

ゆっくりと近づくと、アンは筆頭が小さな道具を握りしめる両手に触《ふ》れる。

「こうやってママは、あなたのところに戻ってきました。ママの思いがあったから、たぶんこうやって、この道具はここに戻ってきたんだと思います」

人間も妖精も操れない大きな流れというのは、人や妖精たちの思いや願いの塊《かたまり》かも知れない。

その大きな流れの中にあった、エマの願いがこれをここに押し流してきた。アンとともに。

——諦《あきら》めては駄目《だめ》だ。

それを教えられている気がする。大きな流れが人や妖精たちの思いの塊ならば、自分も願い祈《いの》れば、細い流れの一つにでもなれる。そうすれば、流れが変えられるかも知れない。

銀砂糖妖精筆頭は俯いたまま、くすっと笑った。

「そしてあやつが産んだ娘《むすめ》が、あやつと同じことを言うのじゃな。外へ行こうと。今度は丁寧《ていねい》に、砂糖菓子の履《は》き物までも作りおったわい」

言われて気がつく。確かに幻《まぼろし》のエマも筆頭に、一緒《いっしょ》に外へ行こうと誘《さそ》っていた。

「人間というのは、不思議じゃの。別の人間なのに、親と子という関係があれば、似たものを引き継ぐ。心の形が、なぜか同じなのじゃな。娘よ。そなたの名は、なんであったか？」

「アンです。でもどうして、ママと一緒に出て行かなかったんですか？　あの時、一瞬《いっしゅん》だけあなたは、ママと行きたそうに見えました」

「アンよ。我に必要なのは、履き物ではない。外へ出ることではない。それは間違《まちが》いない。そなたが作ったものは見当違《けんとうちが》いで、その意味でそなたは失敗したのじゃ。それは事実じゃ。なぜならば我は、この砂糖林檎の木の守護者であるからじゃ。我が生まれ出たこの木を守ることが使命なのじゃと、我は生まれながらに知っておる。守護者である以上、我はここを離《はな》れられぬ。離れることは使命を放棄《ほうき》すること。ここを離れることは、たとえ寂しさで我の気が違ってしまっても、絶対にせぬのじゃ。それが我の生きる意味じゃから」

淡々《たんたん》と、静かに語る言葉がずっしりと響《ひび》く。

──守護者だからこそ、と。

それは職人だからこそ譲れない思いがある、アンたちと同じだろう。不幸になっても気がおかしくなっても、それでも守らなければならないものがある。

──そのことを忘れていた。

自分の背負うものを知り、覚悟《かくご》しているからこそ、筆頭はエマとともに行かなかった。当然、アンの言葉など聞いてくれるはずはない。生きる意味を曲げろと言われて、誰が従うものか。

自分の銀砂糖師としての経験のなさが、悔《くや》しい。これがヒューであれば、筆頭が望むものを見つけられるのだろうか。それとも三千年前生きている、神のような存在には、必要なものなど本当にないのだろうか。

砂糖林檎《りんご》の木の守護者。三千年生きた、神に等しい妖精。

自然と彼に対する尊崇《そんすう》の念が生まれる。その手に触れていた手を離すと、一歩下がり、深く頭をさげた。

「すみません」

己《おのれ》の未熟さが恥《は》ずかしくてたまらなかった。

「わたしは失礼なことを言いました。すみません」

筆頭は微笑する。

「我には必要のないものじゃ。じゃがあれは、ここを去った者と同じ心の形が作ったものじゃ」

顔をあげると、筆頭は作業台の方を見つめている。そこにはアンの作った砂糖菓子がある。

「ここを去った者は、我のことを心配し、我を思って誘ったのじゃとよく分かっておるのじゃ。『外へ出よう』とな。去ったことには腹が立ったがの、その言葉は嬉《うれ》しかったのじゃ」

それから筆頭はこちらにふり向き、アンの瞳を見つめる。

「そして時が経《た》ち、一人の娘がやって来て、去った者と同じことを言ったのじゃ。我は驚《おどろ》いた。驚いて、腹が立った。去られたことを思い出して、腹が立った。じゃがその娘が去った者の娘であり、同じ心の形をしているのだと知って、驚きだけが残った。そしてこれが、我の手に戻《もど》ってきた。なんたる巡り合わせじゃ。我はそのことは予期しておらなんだ。これはなにかの力が、導いたとしか思えぬ。それは運命というものかも知れぬて。時代が動く時やも知れぬて。我が欲しいものをそなたは作らなかったが、我に一つ教えた」

そこで言葉を切り、筆頭は厳かに続ける。

「我のあずかり知らぬ、運命という大きな力や流れが働いているのだろうということを。その意味でそなたは正しかった。我が知らぬことは、この世に存在するのじゃ。そなたは、我の欲《ほっ》するものは見極《みきわ》められなかったかも知れぬ。じゃが、正しかった。我の知らぬことはあるのじゃ。そなたは実は、失敗しておらぬ。我が知らぬことがあると、その砂糖菓子《がし》で証明したのじゃから」

彼がなにを言いたいのか、アンにはわからなかった。

ゆっくりと、するすると筆頭が歩き出す。砂糖林檎の木からすこし離れると、たわわに実った赤い実を見あげた。

「この木に実る全《すべ》ての砂糖林檎を使っても、銀砂糖は一握《ひとにぎ》りしかできぬ。それが最初の砂糖林檎の木の哀《かな》しさよ。この木一本では、最初の銀砂糖を一握り作れても、砂糖菓子そのものは作れぬのじゃ」

その言葉に驚き、アンは頭上に実っている砂糖林檎を見あげる。

「そうなんですか!?　こんなにたくさん実っているのに」

「そうじゃ。砂糖菓子を作る源になっていても、砂糖菓子そのものを作り出すことはできぬ。それがこの木の不自由さであり、哀しさ。しかし良くできた自然の摂理《せつり》。一つで完璧《かんぺき》になれるものなど、ありはせぬ。じゃからできる銀砂糖は、一握りのみ」

言いながら、筆頭は手を宙に滑《すべ》らせる。すると筆頭の目の前に鍋《なべ》と水の樽《たる》、竈《かまど》が出現する。

「アン。精製するがよかろう、最初の銀砂糖を」

その言葉に、アンは目を見開く。

「でも、わたしは失敗しました」

「聞いていなかったのかや？　それとも、そなたは母と違ってすこし鈍《にぶ》いのかの？　そなたは正しかった。そなたが我の欲するものを作ると言うたのは、我が知らぬことがあるのを証明するためじゃ。結果、そなたは我の欲しい砂糖菓子は作らなかった。じゃがその砂糖菓子は、我に、我の知らぬことがあると証明したのじゃ。ということは、そなたは実は、失敗しておらぬ」

彼の言葉が信じられず、目を瞬きながら赤い瞳《ひとみ》を見つめ返す。

エマが死んで、昇魂日《ブル・ソウル・デイ》をとっくに過ぎて、彼女の魂《たましい》は空の上のさらに高いところへ行ってしまった。けれどこの場所に、アンの周囲に、エマの気配を感じるのは気のせいだろうか。この場所に若かった彼女の思いや、温《ぬく》もりが残っているのだろうか。

——ママ。

砂糖菓子が消えかけているこの時に、職人たちや妖精《ようせい》たちのために、エマが力を貸してくれたのかも知れない。運命という大きな流れの中で、エマの力がアンを守り救ってくれた。

視界が滲《にじ》む。

——ママ。これで砂糖菓子は消えずにすむ。妖精の未来も変わっていく。ママ。

筆頭は静かに告げた。

「そなたの作った砂糖菓子は、正しかった。我の欲するものではないが、我に、我の知らぬものがあると教えたのじゃから。わかるかや？　鈍い小娘《こむすめ》」

「……はい」

みっともなく泣きたくなくて、アンは拳《こぶし》で強く目をこすった。

「はい。わかります」

「では精製するがよい。最初の銀砂糖を」

強く頷《うなず》く。

筆頭は笑《え》みを深くしたが、その表情は神々《こうごう》しいほど穏《おだ》やかで、すべてのものに様々な深い理解をしているような気配があった。

「今までは、最初の銀砂糖を手渡《てわた》すのは妖精王にであった。しかし今回は、人間の小娘に手渡すことになろうとはの。面白《おもしろ》いことよ。これも我の知らぬものがまだ、この世にはあるという証明か」

「シャル……。その妖精王を何処《どこ》に放《ほう》り出したんですか？」

「ここからさほど遠くない場所じゃ。あやつがそなたに恋い焦《こ》がれておれば、二日もあれば駆《か》け戻ってこられる程度じゃ。さすがに妖精王を、地の果てまで飛ばすのはためらわれてのぉ。とにかくこの場から放り出したかったのじゃ」

筆頭は苦笑いする。

「これが嫉妬《しっと》というやつかの？　あの娘に似たそなたが、我はどうも慕《した》わしかったらしいの。我が知らぬことは、まだちょくちょくあるのかも知れぬでな。さあ、はじめよ」

「はい」

筆頭が出現させた道具の中から籠《かご》を取りあげ、小脇《こわき》に抱《かか》え、最初の砂糖林檎の木の下《もと》へ駆け戻った。

改めて最初の砂糖林檎の木を見あげると、なんと大きな木なのだと思う。アンの頭上に太い枝を差しのばし、頭すれすれのところを、天蓋《てんがい》のように濃《こ》い緑の葉が覆《おお》い、赤い実がたわわに実っている。普通《ふつう》の砂糖林檎の木は、アンの目の高さより少し上程度の高さしかなく、幹も枝も銀灰色《ぎんかいしょく》で美しいがゆえに、ちょっとした風にも折れそうな程《ほど》に弱々しい。

最初の砂糖林檎の木には、普通の砂糖林檎の木のような弱々しさがない。地に根を下ろし、まるで、遠くへ遠くへと手を伸《の》ばしたがっているかのような力強さで枝を広げている。

背伸びして赤い実に手をかけると、喜びがわきあがった。

――これで砂糖菓子は消えない！

――そなたは恋《こい》をしたのかの？　それは素晴《すば》らしい恋であったのか？

この静かな場所に百年前飛びこんできた少女は、本当に偶然《ぐうぜん》やって来ただけで、特別な人間ではなかった。ごく平凡《へいぼん》な人間だったのだから、おそらく彼女が恋した相手も、ごく平凡な人間だったのだろう。彼女が自らの足で歩いた時間を想像すると、微笑ましいような、羨《うらや》ましいような様々な複雑な思いが入り乱れた。

だが彼女が自分の足で歩いたわずかな時間の結果が、筆頭の目の前にある。それはなんとも不可思議で新鮮《しんせん》で、なのにどこか懐《なつ》かしい。

嬉々《きき》として砂糖林檎の実に手を伸ばす少女の横顔を見つめ、銀砂糖妖精筆頭は一人呟《つぶや》く。

「新しい世界が来るのかの？　そなたはどう思う？　エマ」

赤い瞳を空に向け、筆頭は目を閉じた。自らの名は忘れ果ててしまっている彼だったが、その少女の名だけは何千年経っても忘れないだろう、と思う。

五百年ぶりに現れた妖精王の一人と同様、自分はここに飛びこんできて、八十年をともに過ごした人間の少女に恋していたのかも知れない。だからその少女の血を引き面影《おもかげ》を宿す娘を、それと知らずに求めた。それも三千年生きた自分が、今まで気がつかなかったことだった。

こんなふうに物事が変わっていくならば、砂糖菓子が地上にあり続ける必要はあるのだろう。なによりもそれは、自分自身の楽しみになるはず。

――世界はまだ、面白い。

百年前、この場所に飛びこんできたものは、けして特別な存在だから飛びこんできたのではなかった。ほんの偶然、池に転げ落ちてきた石ころみたいなものだ。しかしその飛びこんできたものの波紋《はもん》は、池の表面にさざ波のように広がり、池の色さえも変えたかもしれない。小さな偶然が引き起こしたさざ波は、水面《みなも》の外へ広がり、いったいどこまで影響《えいきょう》をおよぼすのか。

二十年ぶりに戻ってきた小さな道具を抱《だ》きしめて彼は目を閉じ、千年、二千年の未来へ思いを馳《は》せて微笑した。


西の広場に集められたのは、マーキュリー工房《こうぼう》派、ペイジ工房派、ラドクリフ工房派に所属する職人たちと、ホリーリーフ城で修業《しゅぎょう》する、銀砂糖妖精見習いたちだった。

三大派閥《はばつ》の職人たちは、八割方集結している。その数は三百人強。そして銀砂糖妖精見習いは五十人弱だ。

派閥ごとになんとなく固まっている職人連中の視線が集まりがちなのは、やはり妖精たちの一団に対してだ。砂糖菓子《がし》品評会が終わるのを機として、各派閥に妖精たちが見習いとして加わることを、この夏に派閥の長《おさ》たちが決定した。職人たちにもその通達は出されており、彼等は自分たちのもとに妖精がやってくるのを、複雑な気持ちで待ち受けていたに違《ちが》いない。

だが図《はか》らずも、今年の砂糖菓子品評会が中止となり、かわりに集結せよとの命令が銀砂糖子《し》爵《しゃく》から下った。

王国全《すべ》ての職人と銀砂糖を使い、今までにない砂糖菓子を作るらしいとは聞いていたが、そこに妖精たちも加わっていることを知り、どことなく落ち着かないのだろう。まだ先のことと思っていた彼等との共同作業が、突然《とつぜん》の命令で始まろうとしているのだ。

——戸惑《とまど》いは当然かな。

キースは妖精たちの一団の先頭に立ち、広場に銀砂糖子爵がやってくるのを待っていた。これから銀砂糖子爵から、仕事の概要《がいよう》が説明されるというのだ。

妖精たちは不安そうに、人間たちの視線を感じる度《たび》にきょろきょろしていた。

職人たちのみならず、広場の周囲には物見高いルイストンの街の人々が集まっているのだ。

「パウエルさん」

ノアが、そっとキースの側《そば》に寄ってきて囁《ささや》く。

「みんなこっちを見てますね」

「そうかな？」

微笑んでノアをふり返る。するとすがるようにキースの背中を見つめていた妖精たちと目が合う。

「怖《こわ》いです」

誰《だれ》かが、ぽつりと訴《うった》えた声が聞こえた。その声は当然だろう。人間に狩《か》られて売り買いされた恐怖《きょうふ》が残っている者は、少なくないはずだ。だがキースは、より一層笑みを深くする。

「怖くないよ。僕たちは職人としてここに来ているんだもの」

と不安そうにノアが言いかけるのを、キースは人差し指を唇《くちびる》に当て、軽く冗談《じょうだん》めかして片目をつぶってみせてやる。

「言わないで。大丈夫《だいじょうぶ》。何かあれば、守ってあげるよ」

「パウエルさんが？」

頭は切れても喧嘩《けんか》はさほど強そうに見えないキースを、上から下まで眺《なが》めて、ノアが首を傾《かし》げる。

「僕じゃなくて、ヒングリーさんにやってもらう。勢いだけはあるからね、あの人」

すると妖精《ようせい》たちがくすくすっと笑った。ホリーリーフ城で指導役を引き受けていたキャットの沸騰《ふっとう》しやすい性質は、妖精たちもよく知っているのだ。

そうこうしていると、ざわざわと職人たちが騒《さわ》ぎ出した。広場の中央辺りに視線が集まっているので、人の頭の間からそちらを確認《かくにん》する。すると銀砂糖子爵ヒュー・マーキュリーが略式の正装を身につけ、いつものように護衛の青年サリムを引き連れて姿を現していた。そしてその後ろからは、ラドクリフ工房派の長マーカス・ラドクリフ。ペイジ工房派の長代理、エリオット・ペイジ。マーキュリー工房派の長代理ジョン・キレーンが続く。

彼等は広場の中央に立つと、職人たちに手ぶりで静まれと合図した。ざわついていた職人たちは徐々《じょじょ》におとなしくなり、そして広場は静まりかえる。

のだ。

けられないまま、突然、砂糖菓子品評会に代わって砂糖菓子を作るから集結しろと命じられた

のは事実で、その原因を探《さぐ》れという命令が発せられてしばらく経《た》つ。しかし誰も打開策が見つ

ヒューの声に、職人たちは真剣《しんけん》に耳を傾《かたむ》けていた。今年は誰一人銀砂糖が精製出来ていない

「みんな承知していると思うが、今年、一握《ひとにぎ》りも銀砂糖は精製出来ていない」

張りのある声で、ヒューが名乗る。

「銀砂糖子爵。ヒュー・マーキュリーだ」

キースはノアからだいたいのあらましを聞いていたが、他《ほか》の職人たちはほとんどなにも知らずにここに来ているのだ。戸惑いつつも、ヒューの姿を食い入るように見つめているのは無理からぬことだ。

「その原因が判明した。去年の銀砂糖が、最初の銀砂糖としての力をなくしたからだ。このままでは永久に銀砂糖は精製不可能で、砂糖菓子職人は永久に失業だ」

その言葉に、広場の中から一斉《いっせい》に驚《おどろ》きとも恐怖ともつかない呻《うめ》き声が上がる。ヒューはさらに声を張り上げた。

「静まれ！　打開策はある！」

その声に、ぴたりと再び広場が静まる。

職人たちをゆっくり見回し、ヒューは続ける。

「最初の銀砂糖となれる銀砂糖が、まだ存在する。それを手に入れれば銀砂糖の精製は可能だ。今それを求めて旅に出ている者たちがいる。だがそれを手に入れるのは困難で、成功するかいなか、まだわからない」

今度はどよめきが広がる。

「最初の銀砂糖が無事に我々の手に入るように祈《いの》れと、国王陛下は命令を下された。王国全土の残りの銀砂糖を使い、全ての職人の手で、祈れと。だから我々は王命に従い砂糖菓子を作る……いや」

ヒューがふいに、野性味のあるにやりとした笑《え》みを浮《う》かべた。

「王命だからじゃあ、ないな」

その口調が砕《くだ》け、銀砂糖子爵というよりは、工房の長のような強い目の輝《かがや》きで職人たちを見やる。口元で笑いながら、ほとんど睨《ね》めつけているとも言っていいほどの迫力《はくりょく》で、彼は職人たちに言った。

「王命を、都合良く利用させて頂いているってのが俺の本音だ。俺たちは砂糖菓子職人だ。俺たちは、自分たちのために祈るんだ」

国王に対して不敬とも取られかねない発言に、広場にいた職人たちは面食《めんく》らったように目を丸くしていた。ざわめきながらも職人たちは近くにいた仲間たちと互《たが》いに顔を見合わせると、徐々にその顔に笑みが広がる。彼等は、気がついたのだ。

銀砂糖子爵が、不敬を覚悟《かくご》であえて職人たちになにを言いたかったのか。それはこの仕事は、己《おのれ》のための仕事なのだということなのだ。職人は常に誰かのために砂糖菓子を作る。自分のために作ることなど、滅多《めった》にない。その滅多にないことをここで存分にやれと言っているのだ。

キースは密《ひそ》かに、拳《こぶし》を握《にぎ》っていた。

――そうだ。僕たち職人は、職人として守るべきものを守るためにここに来たんだ。命令だからじゃない。妖精も妖精のために祈る。僕も、僕のために祈るんだ。

だから銀砂糖子爵は、あえて自分のことを俺と呼んだ。彼自身もまた、銀砂糖子爵としてではなく、一人の職人として、自身のために作ると宣言しているのだ。

「砂糖菓子を完成させる作業期間は、七日。それ以上はかけられない。砂糖菓子が完成する事によって運ばれる幸運にすがるのならば、それ以上ぐずぐずしていたら、砂糖林檎《りんご》は熟《う》れきって落ちてしまう。そのあとに最初の銀砂糖が手に入っても意味がない。だから砂糖林檎の実が枝にある間に、俺たち職人に幸運が訪《おとず》れるように砂糖菓子を完成させる」

銀砂糖子爵が、ひときわ強く両手を打ちあわせて音を響《ひび》かせた。

「さあ、作れ！　失業が嫌《いや》なら、自分のために祈るんだ！」

東の空がぼんやりと明るくなると、エリルは目を覚ました。ふと視線を感じて首をねじってみると、自分の横に寝《ね》ていたはずのラファルがもう起き出して、片膝《かたひざ》を立てて座っている。彼は眠《ねむ》っていたエリルを、ずっと見おろしていたのだろう。

「ラファル。なに？」

「約束はどうした？　もう、三日目だ」

淡々《たんたん》とした冷たい声に、彼がエリルに対して苛立《いらだ》っていることを感じる。エリルは体を起こして髪《かみ》を撫《な》でつけながら、首を振《ふ》る。

「アンとシャルが欲しいものは、取って来るよ……。でもまだ、できあがってないだろうから、待っていただけだよ。夜が明けたから、たぶん、もうできあがってる頃《ころ》だよ。これから行くよ」

言い訳だった。

アンたちが求めているものを奪《うば》い、彼等をおびき出すと約束して二日が経った。約束してしまったのに、アンたちから銀砂糖を奪うことをしたくない気持ちも強いから、ついぐずぐずと自分に言い訳をするのだ。

「できてないとは？」

「二人が欲しがってるのは、最初の銀砂糖っていうものだよ。僕は前に、筆頭から聞いた。千年に一度銀砂糖が精製出来なくなるけど、それを回避《かいひ》する方法が、あの最初の砂糖林檎の木から銀砂糖を精製して、それを最初の銀砂糖として使うことなんだって。転換期《てんかんき》なんだって」

「最初の銀砂糖?」

ラファルは軽く目を見開くと、しばし考え、にやりとする。

「エリル。それをもってあの二人をおびき出して殺した後、その最初の銀砂糖を使って人間どももおびき出せるかも知れない」

「……本当に、ラファル。二人を殺すんだよね……」

「殺す」

エリルは己の中のためらいを強く感じ、なかなか立ち上がれなかった。ラファルの望みを叶《かな》えたい。けれどシャルとアンも、死んで欲しくないと思ってしまう。

――僕どうすれば……。

泣きたくなる。

「エリル? 行かないのか」

促《うなが》すように問われ、エリルは慌《あわ》てて立ちあがった。

「うん。ううん、行く。行くよ」

歩き出し、徐々に速度を上げながら拳を握る。

――最初の銀砂糖を、奪う。けれどそれから僕は、どうするの!?

指が掌《てのひら》に食い込む。目の前に池の水面《みなも》が迫《せま》り、エリルは飛びこんだ。

一日半シャルは走り続けていた。さすがに息があがり、全身に疲労感《ひろうかん》がある。

空は夜明けの紫《むらさき》に染まり、ビルセス山脈の山並みの向こうからぼんやりと白く明るくなってきた。見覚えのある景色に元気づけられ、シャルは走り続ける。

――アンのいる場所は近い。

その時だった。複数の馬のいななきと、笑いあう男たちの声が聞こえた。周囲はまばらな林だ。反射的に木の幹に身を隠《かく》し、息を整えながらそっと声の方をのぞき見た。

林の外れに三十人ばかりの騎馬《きば》の兵士の姿が見える。彼等はここで野営をしていたらしいが、そろそろ出発するのだろう。それぞれが馬を引き、腰《こし》にある剣《けん》の位置を確かめている。

「目的地は近いぞ。今日にも到着《とうちゃく》するだろう」

隊長らしき男が声を張ると、兵士たちがばらばらと低く「おう」と答える。

「目的の場所は砂糖林檎の林だ。中央に大きな池がある。そこには主《あるじ》から離《はな》れた妖精《ようせい》たちが三、四十人ほど群れているらしい」

彼等の会話が耳に入り、目を見開く。

――なんだと？

彼等が目指しているのは、シャルが今、駆《か》け戻《もど》ろうとしている場所だ。なぜだという疑問が浮かぶが、その答えがすぐに耳に入る。

「まずは妖精を片付けて、その場を占拠《せんきょ》する。その後の指示は、追ってルイストンのコレット公爵《こうしゃく》から来る。おそらく砂糖菓子《がし》職人が来るはずだと」

息を呑《の》む。

——コレットか⁉　しかしなぜ奴《やつ》がこの場所を⁉

ルイストンからシャルがつけられた可能性はない。細心の注意を払《はら》っていたのだから、間違《まちが》いない。そこで思い出したのは、セントハイド城に長く滞在《たいざい》していたらしい、妖精狩人《かりゅうど》のような身なりをした男たちだ。

彼等はシャルたちがやってくるずっと前から、そこにいた雰囲気《ふんいき》だった。彼等が、コレット公爵の手の者だとしたら？　コレット公爵はシャルたちが旅立つずっと前から、彼等が向かう場所の見当をつけ、網《あみ》を張っていたとしたら？

セントハイド城を過ぎた辺りから、追っ手はないと確信したシャルには油断があった。そこをつかれたのだ。

——しまった。

唇《くちびる》を噛《か》む。彼等がラファルとエリルと鉢合《はちあ》わせすれば、必ずラファルは戦う。そして兵士たちは殺される。妖精王の意志を統一し、人間との共存の道を歩ませることを、シャルは人間王

との誓約《せいやく》の条件にしたのに、もしラファルがコレット公爵の兵士と戦ってしまえば、それは宣戦布告だ。

そうなれば誓約の石板は砕かれて終わりだ。銀砂糖が手に入っても、どうしようもなくなる。全《すべ》てが水の泡《あわ》だ。

――コレットめ。やってくれた。

歯ぎしりするが、今は彼への怒《いか》りで冷静さを失うわけにはいかない。

――まず今は、双方《そうほう》を止めなければ。戦わせてはならない。

息を軽く整え、シャルは再び静かに走り出した。誓約のために、恋人《こいびと》のために、黒の妖精王は走り続ける。

あとがき

皆様、こんにちは。三川みりです。今巻からは口絵もついた豪華《ごうか》版になり、嬉《うれ》しいです。

さて。前巻では、ひっそりとした仕込みを明らかにしましたが、今回は、あからさまに怪《あや》しかったあの人の謎《なぞ》を披露《ひろう》することになりました。

当初はシャルの出自と同じく、完璧《かんぺき》に無駄《むだ》設定だったものを、物語として皆様《みなさま》に読んでもらえることは感無量です。

読んでもらえたからこそと、読者の皆様には感謝がつきません。

感謝と言えば、白泉社様の、花とゆめ online で幸村《ゆきむら》アルト先生が描《えが》いてくださった「銀砂糖師と黒の妖精《ようせい》」が、コミックスとなって発売されています！　とっても素敵《すてき》です。書き下ろしで、短編集「王国の銀砂糖師たち」の中にある短編「明日からね」も、描いてくださっています。ちびアンの目がビー玉のようで、とてつもなく可愛《かわい》らしいので、お手にとっていただければと思います。コミックスの続きも、二〇一三年十二月より、花とゆめ online に連載《れんさい》されているということです。

担当様。いつも、常に、なんらかでお手を煩《わずら》わせている気がします。申し訳ないとともに、感謝もしつつ、心から頼《たよ》りにしております。これからも、よろしくお願いいたします。

イラストを描いてくださる、あき様。今回の表紙も口絵も、美しさに惚《ほ》れ惚《ぼ》れいたしました。指に口づけ……素敵です。これをカラーで見られるなんて、と感激でした。口絵もついて、お仕事大変だと思うのですが、ファンとしては、一枚でも多くの絵を見られることがとても嬉しいです。毎回、本当にありがとうございます。

読者の皆様。最初にも書きましたが、皆様には心から感謝しています。

シュガーアップルも、そろそろ佳境《かきょう》に入るかと思いますが、来月（二〇一四年二月）は別シリーズ『封鬼花伝』の二巻が刊行予定です。シュガーアップル同様に、気が向きましたら、こちらもよろしくお願いいたします。そのことでご心配の向きもあるかと思いますが、この新シリーズのために、シュガーアップルの続きが遅《おく》れることはないのでご安心ください。次のシュガーアップルの初稿《しょこう》は、書き終わっていますので！

ではでは。皆様の気が向きましたら、またアンたちに、おつきあい頂ければ嬉しいです。

三川　みり

BEANS BUNKO

「シュガーアップル・フェアリーテイル 銀砂糖師と銀の守護者」の感想をお寄せください。
おたよりのあて先
〒102-8177 東京都千代田区富士見2-13-3
株式会社KADOKAWA 角川ビーンズ文庫編集部気付
「三川みり」先生・「あき」先生
また、編集部へのご意見ご希望は、同じ住所で「ビーンズ文庫編集部」
までお寄せください。

シュガーアップル・フェアリーテイル 銀砂糖師《ぎんざとうし》と銀《ぎん》の守護者《しゆごしや》
三川《みかわ》みり

角川ビーンズ文庫 18333

平成26年1月1日 初版発行
令和6年3月5日 5版発行

発行者———山下直久
発 行———株式会社KADOKAWA
〒102-8177 東京都千代田区富士見2-13-3
電話 0570-002-301(ナビダイヤル)
印刷所———株式会社KADOKAWA
製本所———株式会社KADOKAWA
装幀者———micro fish

●お問い合わせ
https://www.kadokawa.co.jp/(「お問い合わせ」へお進みください)
※内容によっては、お答えできない場合があります。
※サポートは日本国内のみとさせていただきます。
※Japanese text only

ISBN978-4-04-101159-1C0193 定価はカバーに明記してあります。 ◆◇◇

角川ビーンズ小説大賞
原稿募集中!
君の"物語"がここから始まる!
角川ビーンズ小説大賞がパワーアップ!
https://beans.kadokawa.co.jp
詳細は公式サイトでチェック!!!
【一般部門】&【WEBテーマ部門】
賞金 大賞100万円
優秀賞30万円
他副賞
締切 3月31日
発表 9月発表(予定)
イラスト/紫 真依